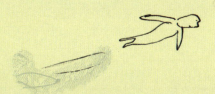

coleção fábula

Frédéric Boyer
Serge Bloch

Tradução de Bernardo Ajzenberg

Bíblia

As histórias fundadoras

Do Gênesis ao Livro de Daniel

editora 34

16

prólogo
Eu me lembro

19

cap. 1
A Criação
ou
as primeiras palavras

39

cap. 2
O jardim
ou
por que abandonar o paraíso

55

cap. 3
Caim e Abel
ou
o ciúme mortal

107

cap. 7
Abraão e Sara
ou
o riso feito carne

119

cap. 8
Sodoma
ou
a hostilidade fulminada

133

cap. 9
Abraão e Isaac
ou
a prova dos laços de sangue

67

cap. 4
Noé
ou
a última tentação de Deus

83

cap. 5
Babel
ou
a história de um desvario totalitário

95

cap. 6
Abraão
ou
o chamado a partir

147

cap. 10
Jacó e Esaú
ou
a ferida da reconciliação

161

cap. 11
O combate de Jacó
ou
o corpo a corpo com Deus

175

cap. 12
José no Egito
ou
o homem que sonhava

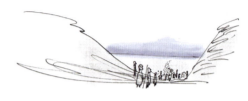

191

cap. 13
José e seus irmãos

ou
o homem que confraternizava

207

cap. 14
Moisés

ou
o primeiro a conhecer o Nome de Deus

221

cap. 15
A libertação do povo

ou
a noite da travessia

273

cap. 19
Rute

ou
as colheitas encantadas

283

cap. 20
Sansão e Dalila

ou
o juiz indomável

295

cap. 21
Samuel e Saul

ou
a sagração do primeiro rei

237

cap. 16
Os dez mandamentos
ou
os caminhos da liberdade

247

cap. 17
O bezerro de ouro
ou
o invisível extraviado

259

cap. 18
Jericó
ou
a epopeia sangrenta da terra

305

cap. 22
Davi e Golias
ou
o menino rebelde

317

cap. 23
Davi e Betsabeia
ou
crime, castigo e perdão

327

cap. 24
Elias no monte Horeb
ou
o quase silêncio de Deus

339

cap. 25
Salomão e a rainha de Sabá
ou
sabedoria e crepúsculo de um rei

349

cap. 26
Cenas de amor
ou
o amor forte como a morte

367

cap. 27
Visões de Isaías
ou
um misterioso libertador

417

cap. 31
Jó
ou
o escândalo da inocência

431

cap. 32
Ester
ou
a inversão do destino

443

cap. 33
Tobit
ou
a esperança é um romance

377
cap. 28
Visões de Ezequiel
ou
as palavras de um louco de Deus

389
cap. 29
Jonas
ou
a melancolia de um profeta menor

405
cap. 30
Um salmo
ou
o canto de um sobrevivente

455
cap. 34
Retorno do exílio
ou
Jerusalém, cidade nova

467
cap. 35
Daniel
ou
não há final sem um amanhã

478
Epílogo

482
Leituras

Faz muito tempo, foi há mais de dois mil e seiscentos anos. Joaquim é o rei da Judeia, em Jerusalém. Sucedeu a reis lendários, que resistiram a impérios cada vez mais poderosos. E eis que o terrível soberano da Babilônia, Nabucodonosor, vencedor dos egípcios em Carquemis e em Hamate, de todos os soberanos de Hatti e da Fenícia, ordena um cerco a Jerusalém. A cidade santa é invadida e saqueada.

Estamos no ano de 586 antes da nossa era.

Mais de dez mil homens são deportados para a Babilônia. No exílio, eles recordam seu Deus único, uma promessa que lhes foi feita e as maravilhas de outrora. Recordam palavras no céu. Um caminho pelo mar.

Com essas velhas histórias, eles vão tratar de pôr sua esperança em palavras...

Prólogo

Eu me lembro

Às margens dos rios da Babilônia,
Eu me sentei para chorar.

Lembro-me de uma história muito antiga.
Ela tem início muito tempo atrás
nas estradas que levam da
Mesopotâmia ao Egito.

Lembro-me de como tivemos
de resistir aos grandes reis da Assíria
e da Babilônia.

Lembro-me de Jerusalém.

Lembro-me de uma história muito antiga
que vou lhes contar aqui...

I.

A CRIAÇÃO

ou

as primeiras palavras

A partir do Gênesis,
capítulos 1 e 2

Sobre o dia em que Deus criou o céu e a terra, as plantas,
os animais… e você e eu. E de como aprendemos
por que a felicidade do mundo está em dar nome às coisas.
E de como a solidão foi vencida.

Jamais saberemos

como tudo começou

Mas temos a palavra.
E é com a palavra
que tudo começa.

Quando tudo é escuridão
e alguém fala,
a luz se faz.

Quando não há nada, alguém diz
as palavras estrela, bisão, árvore
E aparecem uma estrela,
um bisão, uma árvore.

Havia tudo na palavra de Deus.
Deus quis que houvesse
alguma coisa em vez de nada.

A terra e o mar
O dia e a noite
O Sol e a Lua.

Nosso mundo.

O mundo conhecido e familiar
E o mundo desconhecido e distante.

Esta é a primeira página.

Dez vezes Deus toma a palavra.

Uma primeira vez para pronunciar as palavras luz e noite e criar

um dia.

Uma segunda vez para separar a abóbada do céu e as águas.

Segundo dia.

Uma terceira vez para separar a terra e as águas.

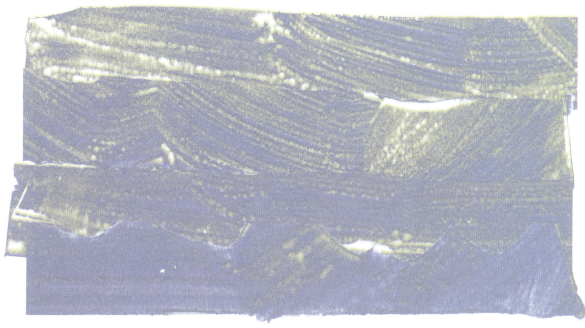

Uma quarta vez para fazer crescer
as plantas e as árvores.

Terceiro dia.

Uma quinta vez para criar as luzes do céu, os astros, o Sol e a Lua.

Quarto dia.

Uma sexta vez para fazer surgir uma
quantidade imensa de vidas nas águas.
E uma quantidade imensa de criaturas voadoras no céu.

Quinto dia.

Uma sétima vez para dizer a todos, nas águas e no céu,
que fossem fecundos e se multiplicassem.
Uma oitava vez para dar nascimento
a tudo que vive e respira na terra.
Animais selvagens, insetos, cada um segundo sua espécie.
Uma nona vez para criar um *adam*
à sua imagem, macho e fêmea.
E fazer deles os brandos senhores
do peixe, do pássaro, de todos
os animais da terra.
Uma décima vez para fazer das plantas
o único alimento
de todos os seres vivos da terra.

Sexto dia.

Satisfação e descanso.

Sétimo dia.

Dar o nome certo às coisas
é contribuir para a beleza do mundo.

A partir de então, pudemos contar os dias.

Estávamos sós naquele imenso, imenso jardim.
Nada nem ninguém que se parecesse conosco, ninguém para falar,
para gostar, para conversar, sonhar...

Ninguém para nos ajudar quando temos medo, quando nos perdemos,
quando queremos fazer alguma coisa.

Então Deus se perguntou o que poderia inventar a fim de curar
nossa solidão e nosso tédio.

No fundo do jardim, à sombra, surge um leão... depois um cachorro...
um gafanhoto... depois um papagaio... e um burro...

Em pouco tempo, a quantidade de animais já é incontável.
E é preciso lhes dar um nome.

Às vezes, não é nada fácil.
Todos os animais selvagens, todas as aves do céu desfilam diante de nós.

Os animais são grandes companheiros. Alguns metem medo.
Outros são mansos. E outros, bem estranhos...

Mas ainda ninguém. Ninguém para conversar de verdade,
para fazer uma declaração de amor, para morar junto, ter filhos, envelhecer...

No jardim, os animais se divertem à beça uns com os outros.

Melhor dormir do que ficar sentado e sozinho.

E Deus nos fez adormecer.

Ao despertar, éramos dois.

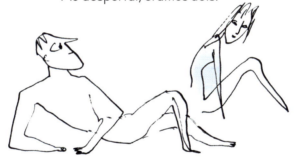

Ela e ele. Ela e eu.

E o jardim inteiro despertou.

2.
O
JARDIM

ou

por que abandonar
o paraíso

A partir do Gênesis,
capítulo 3

Em que se contam os primeiros passos de Adão e Eva,
heróis involuntários do bem e do mal.
Pois o sonho acabou. E de como se abriram diante deles
as portas da história humana.

Naquele tempo, a terra era um jardim como os jardins da Babilônia.

Um grande jardim regado por quatro grandes rios.

Um jardim onde cresciam árvores apetitosas com frutos deliciosos.

Nesse grande jardim, viviam Adão, o homem, e Eva, a mulher.

Eles viviam com os lobos e os cordeiros.

Eles viviam entre os leões e as gazelas.

Eles viviam com os pássaros e com todos os animaizinhos.

Para se alimentarem, bastava colher ervas e flores.

Pegar os frutos que caíam das árvores.

Beber nas fontes.

Naquele tempo, não se conheciam a morte nem a doença.
Naquele tempo, nunca se sentia medo.

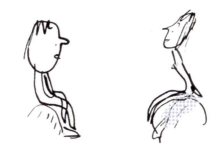

Nunca se sentia vergonha.

Naquele tempo, não se trabalhava. Era o paraíso.

Mas no meio desse grande jardim havia uma árvore diferente das outras:
a árvore da experiência do bem e do mal.

Podiam dormir e sonhar à sombra dessa árvore.
Podiam comer todos os frutos do jardim, mas não o fruto dessa árvore solitária.

Era um fruto maravilhoso, e os dois — o homem e a mulher —
tinham vontade de comer. Mas estava dito: não comerás do fruto desta árvore;
se comeres, morrerás. Era a árvore do desejo e da aventura.

A árvore de todos os enigmas: do nascimento e da morte,

do crescimento e da velhice,

do trabalho,

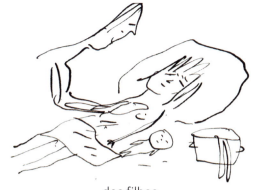

dos filhos...

A árvore de todos os sonhos: tornar-se belo e forte,

viajar para bem longe,

vencer, ser amado...

A árvore de todas as tentações: o prazer, o amor,

o jogo, a aventura, as riquezas...

Mas também a árvore de todos os sofrimentos: a morte,

a pobreza,

o cansaço,

as guerras,

o exílio...

Um dia, ao pé dessa árvore, apareceu a serpente.
Ela é fininha, toda nua, e se diverte fazendo todo tipo de pergunta.

Se você comer, vai se tornar outra pessoa, diz a serpente.
Não vai morrer, e verá coisas diferentes.

Vai ver tudo de outra forma. O jardim. Os habitantes do jardim. O céu...

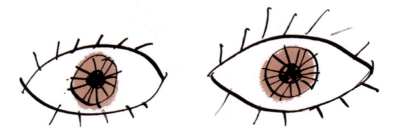

No dia em que vocês comerem, seus olhos vão se abrir, diz a serpente.

A vontade é forte demais. Eva morde um dos frutos. Adão bem que gostaria também.

Ela lhe dá metade.

De repente, eles sentem medo do leão.

De repente, sentem medo da aranha, medo das árvores e das nuvens...

Correm para se esconder no jardim.

Querem se vestir, e não ousam mais olhar um para o outro.

E a serpente agora parece ameaçadora. Ela se torna "inimiga" do homem e da mulher.

De repente, uma voz se faz ouvir no jardim. Deus chama por Adão:

Onde você está?

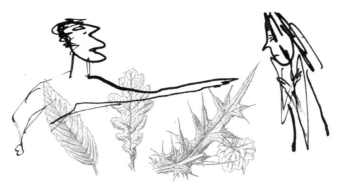

Eu ouvi sua voz no jardim e senti medo, estou nu e me escondi, responde Adão.

Adão denuncia a mulher: foi ela quem me deu a fruta...

E a mulher acusa a serpente.

Deus expulsa a serpente e a condena a rastejar e a comer pó.

À mulher, Deus diz: multiplicarei as dores dos seus partos,
e em meio à dor você dará à luz seus filhos.

E o homem será o seu senhor.

Ao homem, Deus diz: você trabalhará para comer.

A terra lhe dará espinhos e cardos. Você comerá plantas selvagens.

Você é pó, e ao pó retornará.
O jardim inteiro então se transforma num lugar perturbador.

De repente, surgem cardos e flores com espinhos.
É preciso partir! O sonho acabou.

A mulher e o homem abrem as portas da história humana.
Terão de trabalhar, pôr filhos no mundo, viver uns entre outros,
correr o mundo, amar e odiar uns aos outros, de geração em geração.

3.

CAIM E ABEL

ou

o ciúme mortal

A partir do Gênesis,
capítulo 4

Sobre o difícil começo da vida em comum.
De como o ciúme envenena as relações.
E onde se descobre que o primeiro crime foi matar
o próprio irmão e que a vingança não cabe a nós.

Naquele tempo, foi preciso viver juntos. Todos tiveram de trabalhar.

Uns domesticaram e criaram animais nos campos.

Outros se tornaram jardineiros ou plantadores.
Fizeram crescer legumes e frutas e todo tipo de plantas deliciosas.

Mas quanto mais as pessoas trabalhavam,
mais orgulhosas ficavam com aquilo que faziam

e mais se desentendiam. Sentiam ciúmes umas das outras.

Entre elas, havia dois irmãos: Caim e Abel.

Caim, o mais velho e mais forte, trabalhava a terra.

Abel, o mais novo e mais frágil, cuidava do gado menor: cordeiros, galinhas, cabras...

Certa noite, os dois trouxeram o que tinham de melhor para oferecer a Deus.
Caim oferece uma cesta esplendorosa, cheia de frutas e legumes.
Abel traz frangos e cordeiros.

Tinha escolhido os mais tenros e jovens.

Caim fica à sombra.

Em um canto da festa. Ninguém dá atenção a ele, a suas frutas e seus legumes.

Abel e seus animaizinhos são a sensação!

Caim fica rubro de raiva.
Na sombra de Caim, há um grande bicho feroz, prestes a atacar a presa.

Deus pergunta a Caim: por que essa cara? Que bicho é esse deitado aos seus pés?

Caim bem gostaria de falar com o irmão, mas não consegue.

Leva-o para os campos de trigo, para os campos de batatas e tomates...

Caminham por muito tempo.

Abel está em silêncio.

Ele parece tão pequeno e tão frágil agora.

Então Caim se lança contra ele e o mata.

A voz de Deus pergunta: onde está Abel, seu irmão?

Não sei, responde Caim.

Trabalho no campo o dia inteiro. Não tenho tempo de cuidar do meu irmão.

A voz insiste: o que você fez? Caim sua em bicas. Treme com o corpo todo.

A terra fica vermelha, vermelha como o sangue de seu irmão e de sua descendência. Os campos, os trigais, as pedras começam a gritar.

Em pânico, Caim sai correndo pelos campos.

Todo mundo se afasta para deixá-lo passar e partir. Todos que antes discutiam entre si agora o veem tomar distância. Caim tem medo deles. Caim foge e se torna um andarilho.

Mas eles também têm medo dele. E ninguém ousa dizer que fique, ninguém ousa tocá-lo. Caim se deixa esmagar pelo peso de seu próprio erro.

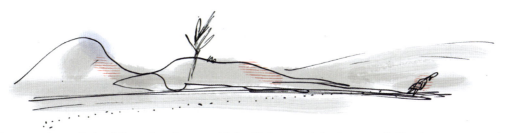

Deus protege Caim. Ninguém deve matá-lo. Caim caminha longas distâncias, sempre só. O mais longe possível do olhar alheio.

Um dia, ele se detém, ao leste do Éden. E decide descansar ali.

Volta à vida e ao trabalho.
Ele e a mulher têm muitos filhos.

E Caim constrói a primeira cidade do mundo para os seus filhos, que por sua vez
terão muitos filhos. Eles se tornam pastores, nômades, músicos, ferreiros...
Eles se tornam um mundo inteiro.

4.

NOÉ

ou

a última tentação de Deus

A partir do Gênesis,
capítulos 6 a 9

Em que Noé, tendo feito entrar todos os seres vivos do mundo
em uma caixa, para salvá-los das inundações,
acaba por aprender que pode comer carne, dominar a terra
e os seres vivos. E sobre as terríveis circunstâncias em que
descobrimos que somos frágeis.

A humanidade tinha ocupado toda a superfície da terra.
Como Deus pedira.

Mas as coisas não se passaram exatamente como previsto.
Coisas estranhas aconteciam.

A beleza extraordinária das mulheres tirava as cabeças do prumo.
Contava-se que havia ogros e gigantes misturando-se aos homens.

Era uma confusão. A violência espreitava em toda parte.

Multiplicavam-se as guerras.

Ruínas se esparramavam pela superfície da terra.

Apenas um homem resistia. Afastado de tudo. Era Noé.

Uma pessoa de bem.

E quando Deus decidiu apagar tudo da superfície da terra, lembrou-se dele.
E lhe disse estas estranhas palavras: construa uma caixa.

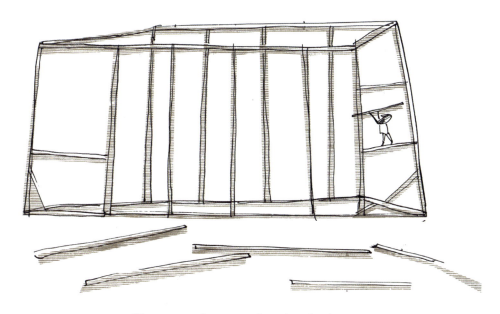

Sim, uma caixa com cômodos dentro.

E apenas uma grande porta. Três andares e um teto.

E Deus disse: agora entre nessa caixa. Com toda a sua família.

E leve junto um casal de cada animal, de cada espécie existente na terra e no ar.

Noé tem quinhentos anos.
Ele faz entrar em seu estranho barco um par de cada animal vivo.

Do maior ao menor.

E um alçapão se abre no céu. É o dilúvio.

É a catástrofe.

Uma onda imensa cobre toda a terra, até as montanhas.

A água apaga tudo que existia antes.
Tudo que havia de vivo sobre a terra.

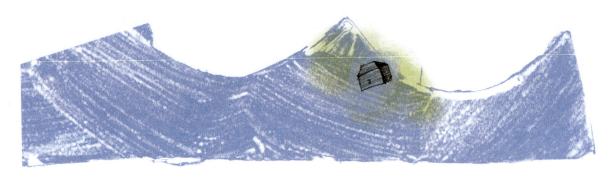

O barco de Noé flutua.

Dentro dele, Noé conta os dias.

É interminável...

De vez em quando, ele solta uma pomba, para que explore as águas.

Certa vez, seiscentos e um anos mais tarde, a pomba voa e não volta.

As águas devem ter recuado.

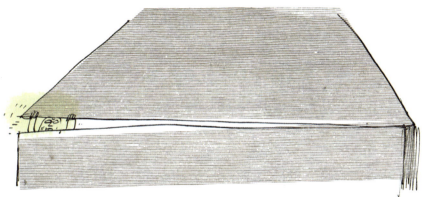

Noé levanta o teto.

O alçapão do céu se fechou.

O Sol aquece a terra novamente.

A terra está seca e nova. Com novas pradarias e novas montanhas.
Deus se lembra de Noé e lhe diz: saia da arca.

Todo mundo sai e se reencontra com a terra firme, a luz e o vento.

Mas a relva e as flores têm um perfume novo.
Todo mundo está disposto a esquecer o pior e recomeçar a viver.

Deus diz: voltem a ocupar a terra e se espalhem. Não apagarei mais nada.
Hei de me lembrar de minha aliança com vocês.

Mas agora vocês vão inspirar medo a todos os animais da terra!

A partir desse novo dia, foi permitido caçar animais,
amedrontá-los e comer sua carne.

Os homens retomaram a vida, o trabalho e o amor.

Retomaram a exploração da terra e do céu.

Voltaram as nossas desavenças.

Recomeçaram as nossas guerras.

Cuidado, disse Deus, pois daqui em diante eu cobrarei a vida de quem tiver derramado sangue. Cobrarei de cada um o sangue de seu irmão.

Noé, por sua vez, recorda Deus e planta a primeira videira.
Colhe e espreme o primeiro cacho de uvas e bebe a primeira taça de vinho.

Alguma coisa mudou. Mas, o quê?

A vida se tornou tão frágil.
A terra, agora, parece tão pequena...

5.

BABEL

ou

a história de
um desvario totalitário

A partir do Gênesis,
capítulo II

Sobre o que acontece quando o mundo inteiro decide
viver junto em uma mesma torre e falar a mesma língua
ao mesmo tempo.

Depois do dilúvio, a humanidade se tornou tão numerosa que teve de se espalhar por toda a superfície da terra.

Havia então muitos povos diferentes, em muitas terras diferentes.

Nem todos falavam a mesma língua.

Nem todos obedeciam às mesmas leis.

E nem todos seguiam na mesma direção.

Mas alguns tiveram medo de viver dispersos. E quiseram formar um único povo.

Falariam apenas uma língua. E seriam uma só voz sobre tudo.

Foram ao encontro uns dos outros na grande planície da Babilônia, e ali se sentaram.

E disseram a si mesmos: vamos fabricar tijolos, vamos queimar tijolos!

Todo mundo repetiu: sim, com os tijolos, vamos construir uma cidade!
Vamos construir uma torre que suba pelo céu.

Essa torre devia ser imensa, chegar até as estrelas.
Devia rivalizar com o céu e com a Lua.

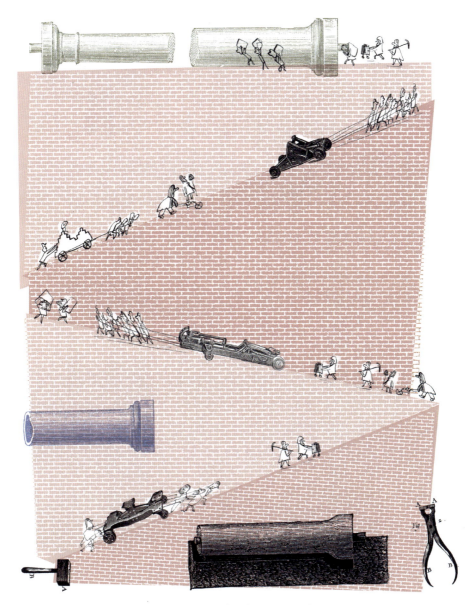

Foi um canteiro de obras gigantesco.

Os tijolos para construir a torre se tornaram mais importantes,
mais preciosos que a vida dos homens.

Todos viveriam juntos naquela torre.

Falariam de uma só voz. As palavras seriam sempre as mesmas.

Nada mais seria impossível para eles.
Seria a torre de seus sonhos mais desvairados, de sua sede de poder.

Todos entenderiam tudo a respeito dos outros.

E assim foram acrescentando um andar, depois outro e mais outro... infinitamente.

Até o dia em que...
tudo desmoronou.

A torre.

Os sonhos de poder e de transparência.

Tudo se embaralhou.

Deus quis que a humanidade se dispersasse por toda a terra.

E que falasse diversas línguas.

Todos teriam de se esforçar para entender os outros.

Tiveram que partir de novo, sozinhos, para os quatro cantos do mundo.

Surgiram, então, diferentes povos. Diversas línguas. Esperanças diversas. Quando se reencontravam ou se cruzavam, os homens tinham de fazer esforço para se interessar pelos outros e para tentar compreendê-los. Seus lábios se abriram. Ouviram-se palavras novas por todos os lados.

6.

ABRAÃO

ou

o chamado a partir

Sobre o que ocorre a Abraão no dia em que decide
largar tudo para atender a um chamado misterioso.
E sobre as tribulações que o levam até o Egito,
onde se descobre que o primeiro patriarca está disposto
a tudo para salvar a própria pele.

Todos então nos dispersamos.
Nós, os filhos de Noé e os filhos dos filhos de Noé.

Caminhamos pelo deserto, atravessamos rios, seguimos as estrelas.

Lá estavam Sem e Arfaxad. Salé e Héber. Faleg e Reu. Nacor. E Taré...

Todos caminharam.

E lá estava Abraão.

Certa noite, Abraão está deitado a céu aberto. Acordado.

Ele ouve uma voz que jamais ouvira antes.

A voz lhe diz: é hora de partir. Vá em frente.
Abandone suas origens, abandone sua família e tudo que você tem.

Parta, mas parta sem nada temer, você terá uma terra, terá filhos.
Parta, e você será um grande nome.

Abraão escuta a promessa e se levanta.

À noite, ele se despede de tudo que possui. Adeus à família, adeus aos amigos e a tudo que era seu.

Leva consigo apenas a esposa, Sara, e Ló, o filho de seu irmão.

Ele parte para uma viagem sem volta.

A voz lhe pede que mude de vida.

A viagem é interminável. Postos de fronteira.
Controles. Caminhos que não levam a lugar algum. Sede e fome.

Noites gélidas.

Vilarejos inóspitos.

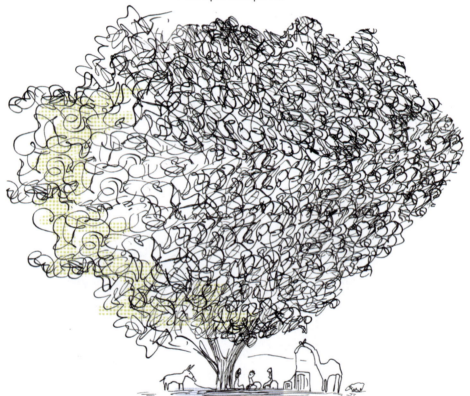

Certa noite, eles chegam a Siquém. Debaixo de uma grande árvore.

Acreditam estar sozinhos à sombra dela.

Mas não. Aquela terra já era habitada. Não estão sozinhos ali.

Abraão escuta a voz de Deus: dou essa terra à sua descendência.

Então, ele monta sua tenda.

Ergue um pequeno altar para recordar que Deus falou ali.

Na manhã seguinte, desmonta a tenda e parte.

E assim por diante, dias seguidos, noites seguidas. Ele monta e desmonta sua tenda.

Mas uma fome atroz assola a região.

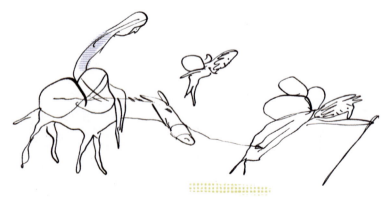

Abraão tem medo. Abraão se afasta, cada vez mais longe.

Até chegar ao Egito.

E ali, diante dos guardas do Faraó, Abraão volta a sentir medo.

Sua esposa é tão, tão bela...
O Faraó com certeza vai gostar dela, vai querer ficar com ela — e há de matá-lo.

Abraão então decide convencer o Faraó de que Sara, sua esposa, é sua irmã.

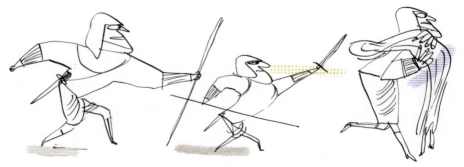

O Faraó está deslumbrado. Sara é tão, tão bela...
Ele manda sequestrá-la e levá-la para o seu palácio.

Em troca, oferece a Abraão alguns burros, camelos, carneiros, servos, ouro e prata...

E Sara é trancafiada no palácio do Faraó.

Abraão silencia.

Mas o Faraó descobre que ele mentiu. Sara não é sua irmã.

E o Faraó expulsa Abraão do Egito. É o êxodo, mais uma vez.

Abraão se põe novamente a caminho.

Pode levar consigo tudo o que ganhara no Egito.
E vai com Sara, tão, tão bela...

7.

ABRAÃO E SARA

ou

o riso feito carne

A partir do Gênesis,
capítulos 17 e 18

Em que se ri muito depois do anúncio
da chegada de estranhos visitantes.
E o que acontece depois dessas gargalhadas
incrédulas e intempestivas.

Já faz muito tempo que Abraão e Sara deixaram sua terra.
Por onde quer que passem, são sempre estrangeiros.

Sua terra, agora, é a promessa que receberam.

Uma promessa é uma terra invisível sobre a qual nos mantemos de pé e crescemos.

Abraão olha para o céu estrelado e recorda a promessa.

Seus filhos serão mais numerosos que as estrelas no céu.

Deus lhe diz: para você e seus filhos e para os filhos dos seus filhos,
eu dou a terra ao cabo de suas migrações.

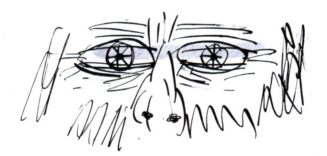

E também: faço uma aliança com você. Você terá um filho com sua mulher Sara.

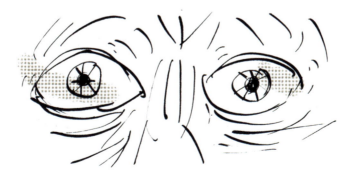

E você lhe dará o nome de Isaac, que significa: "Aquele que vai rir".

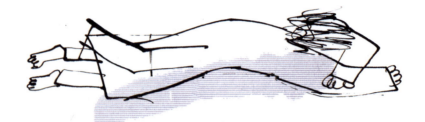

Nesse dia, Abraão caiu de bruços sobre a terra.

Abraão começou a rir.

Os risos de Abraão foram ouvidos em toda a região.

Um filho? Ele? Como acreditar nisso?

Abraão está com 99 anos!

E sua mulher, Sara, tem 90 anos!

Como poderiam fazer um filho? Sim, há motivo para muita risada.

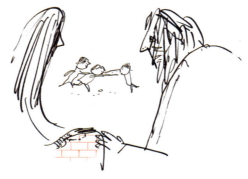

Além disso, lá está Ismael, o filho que Abraão tivera com sua serva Agar.

Ele está brincando ali, com as outras crianças do acampamento.

Abraão protege-o e gosta dele.

No dia seguinte, no auge do calor, Abraão descansa perto da tenda sob a árvore de Siquém.

Três desconhecidos surgem diante dele.

Eles têm fome e sede. Eles vêm de longe.

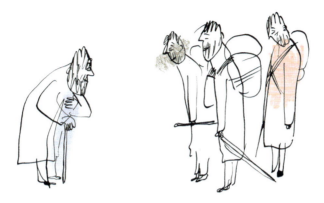

Abraão não hesita. É preciso acolhê-los.

Não lhes pergunta nada e pede que passem a noite ali.

Todo mundo logo põe mãos à obra.

Na tenda, Sara prepara a comida, com leite, pães, carne de vitela.

Do lado de fora, vão armando uma festa.

À tarde, à sombra da árvore, todos se sentam à mesa.

Sara escuta a conversa às escondidas.

Os desconhecidos prometem a Abraão que voltarão no ano seguinte...
na altura em que Sara tiver um filho!

Escondida na tenda, Sara começa a rir.

Nesse riso está tudo que já não se espera mais.

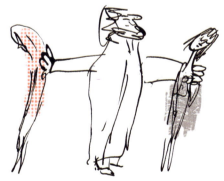

As esperanças perdidas.

As promessas esquecidas.

É o impossível que irrompe, que vem bater às portas da vida.

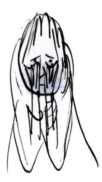

Sara, então, balança a cabeça. Sente medo. Não, não. Eu não ri, diz ela.

Na penumbra, uma voz responde: riu, sim.

Desse riso nasce o impossível. O inesperado.

Uma promessa tornada visível.

Um sorriso que se faz homem: um filhinho, Isaac.

Deus me deu um riso, diz Sara, tomando-o em seus braços.

8.

SODOMA

ou

a hostilidade fulminada

A partir do Gênesis,
capítulo 19

Em que Abraão defende os habitantes de Sodoma
diante da cólera de Deus, e se constata
que o crime dos sodomitas não é
necessariamente aquele que se imagina.

Abraão e Ló, seu sobrinho, deixam o Egito.

Estão ricos, e são numerosos.

E voltam em direção à terra que lhes foi prometida.

Mas nada dá certo...

Aquela terra já está ocupada

Todos se invejam.

Muros são erguidos.

Disputas explodem por todos os lados.

São tão numerosos, são tão ricos — mas não conseguem viver juntos naquele lugar!

É preciso se separar.

Ló observa o terreno ao longe.

Vê uma planície. E, na planície, uma cidade enorme e fascinante, com torres e jardins.

É Sodoma.

Mais adiante, uma outra cidade, pequenina.

Ló e os seus partem rumo a Sodoma.

Mas é fácil se perder na enorme Sodoma.

Todos riem quando Ló diz para os seus: Deus está ameaçando destruir Sodoma.

Abraão fica sozinho. Resiste.

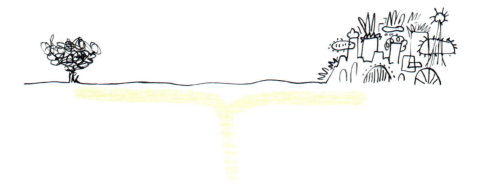

No caminho rumo à promessa, há também separações. É preciso fazer escolhas.

Abraão não muda de ideia. Deus se preocupa com ele.

Abraão não deseja a destruição de Sodoma.

Está disposto a negociar até o fim.

Diante de você, eu não sou nada, diz Abraão, mas ouso tomar a palavra.

Não se pode matar os culpados junto com os inocentes.

Ah, não? Mas quantos são os inocentes naquela cidade?, pergunta Deus.

50, 45, 40, 30, 20, 10...

Deus escuta Abraão e não destruirá Sodoma —
mesmo que seja para poupar apenas dez inocentes.

E Abraão, mais uma vez, fica sozinho.

Mas Abraão quer correr até alcançar Deus,

insistir.

Está paralisado.

Como salvar Sodoma?

Enquanto isso, a gente de Sodoma persegue os estrangeiros e todos que são diferentes.

Ló recebe à sombra de sua casa dois desconhecidos que fogem...

da multidão que quer linchá-los.

Batem à sua porta.

Ló se recusa a entregar os homens.

A hospitalidade é incondicional, com ela não se negocia!

Para deixar claro o que pensa, Ló chega a dizer que preferiria entregar as próprias filhas!

Cai a noite. De repente, a cidade começa a tremer. Todas as luzes se apagam.

Ló fica com medo e foge.

Atrás deles, tudo desmorona. A cidade, seus habitantes, as árvores.
Uma tempestade de fogo despenca sobre a planície.

Antes, uns fugiam dos outros, mas agora todos,
os estrangeiros e os locais, a gente que ia passando
e o povo de Sodoma — todos correm pelas estradas,
fugindo da catástrofe.

9.

ABRAÃO
E
ISAAC

ou

a prova dos laços de sangue

A partir do Gênesis,
capítulo 22

Sobre o dia em que Isaac pensou ter chegado a seu fim
por causa da obediência de seu pai a uma obscura ordem divina.
E em que se aprende que a vida ou a morte podem
depender da interpretação que se faz das ordens vindas do céu.

Um dia, foi preciso partir de novo.

A voz, a voz de sempre, chama por Abraão no vento da noite.

Aqui estou.

Abraão sempre está presente quando a voz chama por ele.

Pegue seu filho Isaac, seu filho querido,

e suba a montanha que tem diante de seus olhos para fazer um sacrifício.

Abraão obedece.

Mas terá entendido direito o que a voz lhe disse?
Às vezes, obedecer é ficar cada vez mais sozinho.

O Sol se levanta.

Abraão também.

Encilha o jumento.

Racha a lenha para a fogueira do sacrifício.

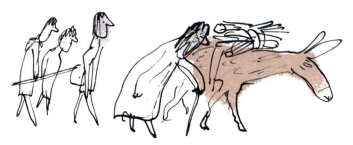

Leva consigo seu filho Isaac e mais dois jovens.

Parte para a montanha indicada por Deus.

Chegando ao pé da montanha, eles devem se separar.

Abraão e Isaac subirão sozinhos.

Esperem aqui. Voltamos logo, diz Abraão aos dois rapazes...

e ao jumento.

O caminho é longo, Isaac não aguenta mais.

Tem pressa de chegar. Está ficando inquieto.

Mas onde está o cordeiro para o sacrifício?

O pai o acalma.

Isaac obedece ao pai como o pai obedece a Deus.

Isaac se vê cada vez mais só no caminho — tão só quanto seu pai.

No topo da montanha, o tempo para.

Tudo escurece.

Abraão faz uma fogueira.

E depois amarra Isaac, seu filho querido.

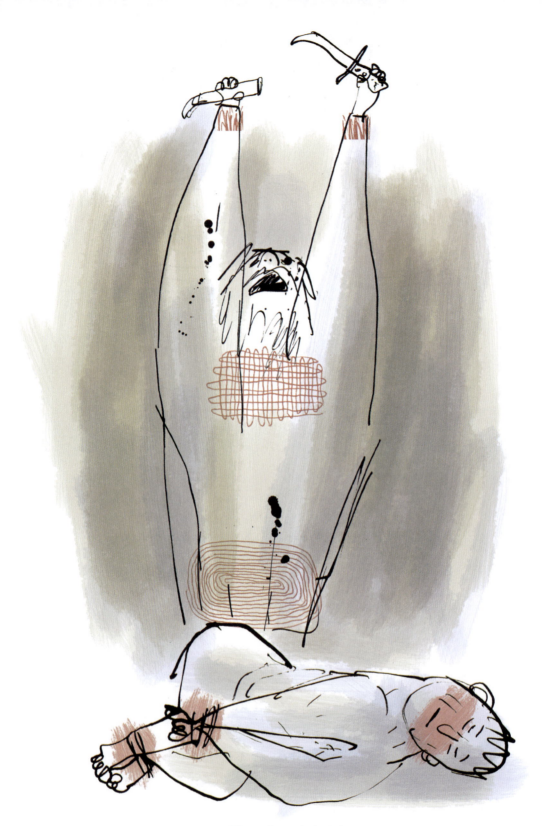

Tira a faca da bainha.

Mas a voz o chama de novo:
Abraão!

Sim, aqui estou.

Abraão ergue os olhos e vê um cordeiro.

Então Abraão compreende.

Ele solta seu filho querido.

A pior solidão era não compreender e ficar no escuro.

Isaac abraça o pai. Eles se reencontram. E se separam.

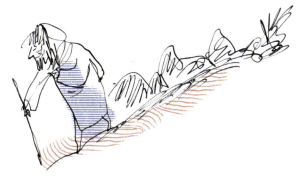

Abraão desce a montanha sozinho, ao encontro dos outros.

É noite. O céu infinito está repleto de estrelas.

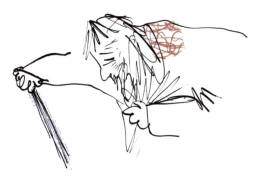

Nesse momento, também Abraão tem um sentimento de libertação. Ele é muito velho.

Mas se sente jovem para sempre.

10.

JACÓ E ESAÚ

ou

a ferida da reconciliação

A partir do Gênesis,
capítulos 26 e 27

Que trata da incrível história dos gêmeos
que se tornaram irmãos inimigos.
E de como Jacó, filho preferido da mãe,
acaba como órfão nas trilhas do exílio.

Isaac está feliz. Ele já não acreditava mais.

O ventre de Rebeca cresce como uma pequena colina.

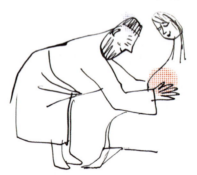

O ventre de Rebeca se agita.

Mas Rebeca está preocupada.

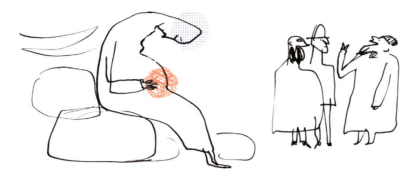

São gêmeos, e já brigam dentro de seu ventre.

Rebeca fica em dúvida, mas Deus põe fim ao mistério: o mais velho servirá ao mais novo.

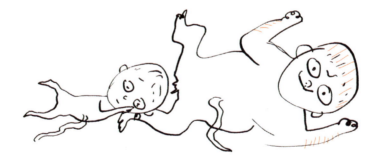

Jacó chega em segundo, agarrado ao calcanhar de seu irmão.

Já no nascimento, há um forte e um fraco.

O forte é Esaú. É ruivo e tem o corpo coberto de pelos, como um animal.

É um caçador que passa o tempo nas florestas e nos campos.

É o preferido do pai, Isaac.

Os dois gostam das grandes refeições com carne de caça.

O fraco é Jacó.

Ele passa a maior parte do tempo na tenda ou do lado de fora, olhando para o céu.

É o preferido da mãe, Rebeca.

Os dois crescem. Jacó continua sendo o menor. Esaú está cada vez mais forte.

A diferença se torna um desafio para os dois.
Eles sofrem para admitir que cada um é do seu jeito.

Certa noite, Esaú está voltando da caça.

Está morto de fome.

Diante dele, há um delicioso prato de lentilhas vermelhas.

Jacó lhe diz: eu dou para você, mas, em troca, quero ter o seu lugar.
E assim eu serei o mais velho. E o mais forte.

Esaú aceita. Contanto que tenha o que comer e beber!

Enquanto isso, Isaac e toda a sua família crescem, crescem até serem muito numerosos.

Por onde passa, Isaac encontra um poço cavado por seu pai, Abraão.

O poço Disputa.

O poço Liberdade.

O poço Juramento.

Multiplicam-se os problemas entre todos. Isaac se torna um entrave.

E Isaac fica velho, muito velho.

Sua vista se apaga.

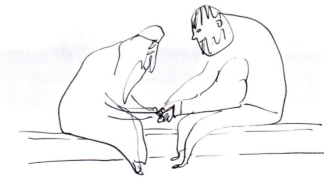

Antes de morrer, gostaria de comer uma última boa refeição com seu filho Esaú. E abençoá-lo.

Mas, quando cai a noite, Rebeca cobre seu filho Jacó com uma pele de cabrito.

Jacó entra no quarto levando uma bandeja com uma carne deliciosa.

O velho cego estende a mão para tocar o filho. Uma pele de animal, não há dúvida!

É Esaú, pensa.

Então Isaac abençoa Jacó, pensando se tratar de Esaú.

Atrás da porta, Rebeca assiste à cena.
Foi ela que disfarçou o filho querido, Jacó, e que preparou o prato pedido.

Ladrão!, grita Esaú ao voltar da caça. Jacó roubou-lhe a bênção.
Jacó assumiu o lugar que era dele.

Mas não há saída: dali em diante, Jacó será o senhor, confirma o velho Isaac, com o corpo tremendo. Não se volta atrás na palavra dada.

Esaú chora.

Há de matar seu irmão. É uma promessa.

Mais uma vez, é melhor se separar.

Jacó se exila, foge para longe do irmão.

Rebeca lamenta.

Ela quer ter os dois filhos de volta.

Mas como encontrar o caminho do perdão entre irmãos?

II.

O COMBATE DE JACÓ

ou

o corpo a corpo com Deus

A partir do Gênesis,
capítulos 32 e 33

Em que continua a história de Jacó.
Sobre como ele vê a porta do céu se abrir.
Sobre sua luta noturna com um ser misterioso, surgido de um sonho.
E de como ele volta a cair nos braços de seu irmão.

Desde que se afastou de seu irmão Esaú, Jacó vive na escuridão.
A escuridão do medo.

Jacó foge da vingança do irmão.

Para amansá-lo, manda-lhe duzentas cabras,
vinte bodes, duzentas ovelhas...

Esaú recusa tudo.

Jacó se esconde.

Está no fundo do abismo.

E, no meio da noite, tem um sonho.

Em seu sonho, vê uma escada que desce do céu.

Por essa escada, anjos sobem e descem. Descem até o ponto mais baixo e sobem de novo rumo à luz. Os anjos se cruzam na escada. Cada um leva consigo um pouco de noite para a luz e traz um pouco de luz para a noite.

Jacó escuta a voz de Deus: cuidarei de você.

Não o abandonarei.

Jacó desperta molhado de suor.

Sente-se pequeno, muito pequeno.

Era a porta do céu! E ela se abriu aqui na terra.

Jacó ergue um monumento em memória do sonho.

E jura que será fiel à casa de Deus se conseguir voltar são e salvo.

Certa noite, ele chega com os seus à beira de um rio. É preciso atravessá-lo antes do anoitecer.

Jacó vai por último.

Está sozinho. Os outros montaram acampamento e foram dormir.

Alguém o aguarda na penumbra,

para lutar com ele a noite inteira.

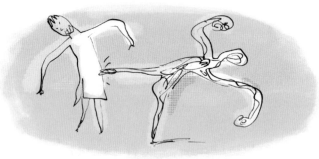

Atingido no quadril, começa a mancar.

Mas Jacó, feliz e aterrorizado, é o mais forte.

Ele luta para saber quem é o outro em meio à escuridão. Luta para ver seu rosto.

O Sol se levanta.

O desconhecido pede: deixe-me partir. Jacó exige ser abençoado.

O desconhecido pergunta: Qual é o seu nome?
— Jacó.

Você não se chamará mais Jacó, e sim Israel.

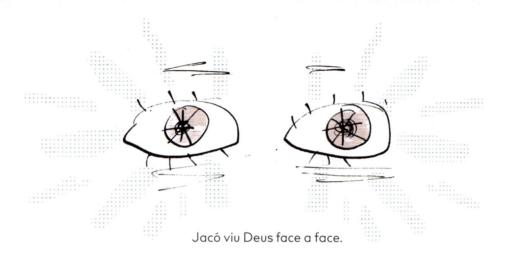

Jacó viu Deus face a face.

Certa noite, ergue os olhos e vê surgir no horizonte uma enorme nuvem de poeira.

Um mensageiro corre para avisá-lo: é Esaú, à frente de um exército de quatrocentos homens...

Jacó passa a noite acordado. Está com medo.

Esaú chega para se vingar, como havia prometido.

Ao amanhecer, os dois irmãos se encontram face a face.

E Esaú, lá de longe, se aproxima.

Avança sozinho.

E cada vez mais rápido. Primeiro andando, depois correndo.

E então se atira nos braços do irmão para lhe dar um beijo.

Um beijo ou uma mordida?

A cicatriz ardente do perdão deixa os dois irmãos silenciosos e imóveis.

Eles choram. Esaú recusa docemente o convite de Jacó.

E ambos partem, em direções opostas.

12.

JOSÉ NO EGITO

ou

o homem que sonhava

A partir do Gênesis,
capítulos 37 a 41

De como José, filho de Jacó, perseguido por seus irmãos,
encontra refúgio no Egito, onde prospera,
passando da prisão à corte do Faraó.

Certo dia, José, filho de Jacó, corre pelas colinas.

Ele erra de acampamento em acampamento em busca de alguém.

Ele pergunta a todos, aos nômades, aos pássaros, aos carneiros: vocês viram os meus irmãos?

Estou à procura de meus irmãos.

Ele chama a atenção de todos com sua maravilhosa túnica branca de mangas compridas.

É o sonhador-mor!

É o sonhador-mor! Aquele que se acha superior às estrelas!

Quando o veem chegando de longe, em meio à poeira, seus onze irmãos põem-se a gritar.

O sonhador-mor, sempre nas estrelas e na Lua!
Com seus sonhos de superioridade e de amor!

Não. Eles querem acabar com os sonhos. Fazer o sonhador desaparecer.
O amor do pai gerou o ódio dos irmãos.

Logo deixam seus animais para trás e se lançam sobre ele.
É uma verdadeira emboscada.

Os irmãos arrancam as roupas de José.

Sua bela túnica é manchada com o sangue de um bode.
Ela será mostrada a Jacó como prova do sumiço do filho querido.

E José é abandonado pelos irmãos no fundo de uma cisterna seca e vazia.

Em plena escuridão, ele pergunta: onde estão os meus irmãos?
José não sonha mais. Ele pensa em seu pai, Jacó.

Rúben, o primogênito de Jacó, volta sozinho à cisterna.
Não queria que seu irmão fosse morto. Mas José desapareceu!

Resta apenas a túnica ensanguentada, que ele leva ao pai.

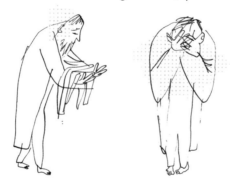

Jacó chora ao reconhecer a túnica do filho querido manchada de sangue.

Diz que prefere morrer junto com José.

Rasga suas próprias roupas e amarra um trapo à cintura.

Cobre-se de cinzas e de luto.

Mas José fora vendido pelos irmãos para uma caravana de mercadores que seguiam em direção ao Egito.

Ao despertar, depois de uma longa viagem pelo deserto, José é acorrentado e vendido para Putifar, o grande general do exército do Faraó.

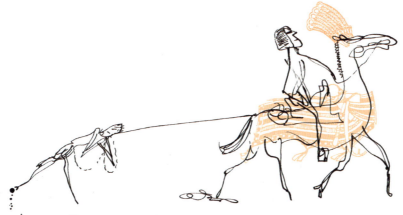

E eis que o sonhador-mor se torna escravo no Egito!

Mas a sombra de Deus protegia José. O poderoso Putifar logo se dá conta

e faz de José seu conselheiro e amigo. Entrega-lhe as chaves do palácio, a guarda de todos os seus bens e tesouros.

José cresce. Todos o temem e admiram,

sobretudo a mulher do seu senhor, extremamente sedutora.

Todos os dias, assim que o marido saía, ela se aproximava de José
e lhe pedia: venha dormir comigo.

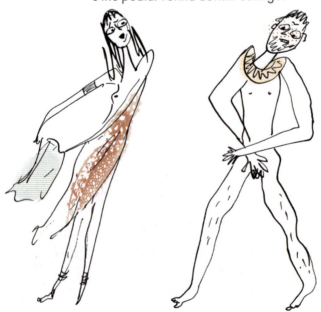

Certo dia, quando o palácio está vazio e os dois estão a sós,
ela se lança sobre José, implora e lhe arranca a roupa.

José foge. Ele não quer trair seu protetor.

A princesa clama por socorro. José tentou estuprá-la!, diz ela, exibindo como prova as roupas de José.

E, mais uma vez, José conhece injustamente a noite da prisão,

lançado brutalmente do alto para baixo.

José apodrece por dois anos no fundo de um calabouço, na companhia do chefe dos padeiros e do chefe das adegas. À noite, pelo respiradouro, contempla a Lua e as estrelas. Escuta os companheiros de cela e interpreta seus sonhos.

Um dia, a porta da prisão se abre...

Precisam dele. O Faraó tem sonhado todas as noites, e não há ninguém, não há mago que saiba interpretar seus sonhos.

José faz a barba. Troca de roupa. E se cobre com uma esplêndida túnica egípcia.

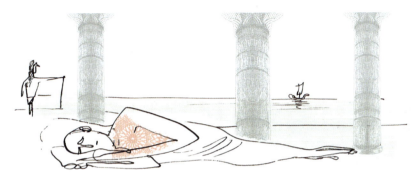

Todas as noites, o Faraó desce para a beira do Nilo. Ali, adormece e sonha.

E, depois, conta seus sonhos para José.

Sete vacas bem gordas surgem do Nilo.
Elas são seguidas por sete vacas horríveis e famélicas, que vêm devorá-las.

E sete espigas gordas são engolidas por sete espigas magras, ressecadas pelo vento.

José encontra a chave para os sonhos.
Haverá sete anos de abundância seguidos de sete anos de fome.

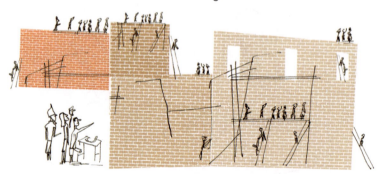

José manda construir armazéns em todas as terras do Egito.

Durante sete anos de abundância, os egípcios guardam alimentos.

Todos os camponeses e todos os pastores levam a José uma parte de suas colheitas e uma parte de seus animais.

José acumula mais trigo do que a areia existente no mar.

Como recompensa, o Faraó dá tudo a José: seu palácio, seu povo, suas roupas mais belas, suas joias mais ricas.

E lhe dá como esposa Asenet, filha de um grande sacerdote.

O Faraó guarda para si apenas o trono.

Quando chegam os sete anos de fome, o povo pede comida.
O Faraó diz: procurem José e seus armazéns.

Então José abre os armazéns e dá de comer a todos.

O Egito inteiro se curva diante de José.

13.

JOSÉ E SEUS IRMÃOS

ou

o homem que confraternizava

A partir do Gênesis,
capítulos 42 a 45

Continuação da história de José, que salva seus irmãos da fome.
E em que se descobre, numa incrível reviravolta,
que o mal pode ser transformado em bem.

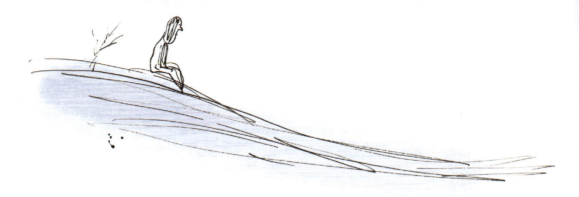

Enquanto isso, ninguém sabia de José, o filho querido do velho Jacó.

Jacó vivia só, tomado pelo sofrimento e pelas recordações de José.

Com ele ficara apenas Benjamim, o filho caçula.

Uma fome severa se abate sobre o nosso mundo.

Certa manhã, os outros dez irmãos se veem obrigados a partir em busca de alimentos no Egito.

Contava-se que no Egito havia imensos armazéns repletos de comida.

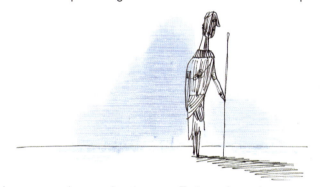

Um homem poderoso dominava o Egito e dava de comer a todo o seu povo.

E é a ele que se dirigem os dez irmãos de José, famintos e exaustos ao final da longa viagem.

O homem logo reconhece seus irmãos, mas não diz nada.
E eles não reconhecem José nas feições daquele senhor egípcio.

O homem faz uma acusação terrível: vocês são espiões!

Os dez irmãos são trancafiados na prisão durante três dias.

Então eles se lembram de José, seu irmão, de como o abandonaram.
Era um menino, e nós lhe fizemos tão mal! De repente, sentem saudade do irmão.

No terceiro dia, a porta do calabouço se abre.

O homem vem fazer uma proposta curiosa.

Vocês serão soltos e eu os autorizo a pegar e a levar para casa os víveres de que precisem, para vocês e para os seus.

Mas ficarei com um de vocês como refém,

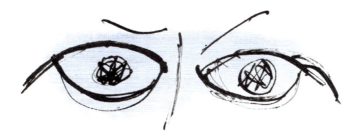

até que vocês voltem, trazendo seu irmão caçula, Benjamim, que ficou na casa de seu pai.

Se não aceitarem, morrerão de fome.

O homem mantém na prisão um dos dez irmãos, Simeão.

Os outros nove voltam para a terra de seu pai carregados de víveres, mas com o coração pesado.

Jacó rejeita a proposta do egípcio.

José está desaparecido, provavelmente foi devorado pelas feras.

Simeão está preso nos calabouços egípcios.

E agora ainda terá de se separar de Benjamim, seu filho caçula?

Mas a fome assola a região.

Logo não sobra mais nenhuma migalha do que os filhos tinham trazido do Egito.

É preciso voltar e, dessa vez, com Benjamim.
Levando presentes para o misterioso príncipe egípcio.

Jacó está arrasado.

Sozinho, ele chora em sua casa vazia.

Longe dali, em seu grande palácio, o homem misterioso pergunta aos filhos de Jacó: seu pai ainda vive?

Ao ver seu irmãozinho Benjamim, o homem se esconde para chorar.

Ele quer de toda forma impedir que Benjamim vá embora.
Para mantê-lo no Egito, ele manda pôr uma taça de ouro em sua bolsa e o acusa de tê-la roubado.

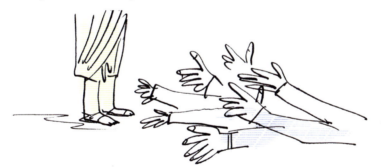

Os irmãos suplicam que Benjamim parta com eles.

Não, não... Jacó, o pai, não aguentaria a separação de Benjamin!
O sofrimento seria tamanho que acabaria por levá-lo ao abismo.

O homem escuta, em silêncio.

Aproxima-se deles. E assim se faz reconhecer.

Sou eu, seu irmão José.
Aquele que vocês venderam.

Eles ficam apavorados.

Não fiquem tristes. E não tenham medo de mim.

O mal que vocês quiseram me fazer foi transformado por Deus em bem, a fim de salvar vidas.

Mas como pode um mal ser transformado em bem?

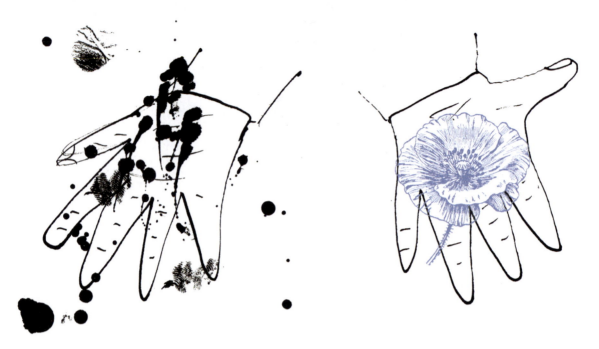

Reconhecendo-se o mal cometido. E perdoando o mal de que se foi vítima.

Certa tarde, o velho Jacó, solitário e faminto, vê enfim chegar a caravana de seus filhos.

Os filhos anunciam aos gritos: José, nosso irmão, está vivo.

E espera por você no Egito.

A escuridão desaparece do coração de Jacó.

Vão todos partir ao encontro de José, para viver no Egito. Eles e seus sonhos.

14.

MOISÉS

ou

o primeiro a conhecer
o Nome de Deus

A partir do Livro do Êxodo,
capítulos 1 a 4

Da dupla e obscura origem de Moisés,
escolhido por Deus para libertar seu povo da escravidão.
E sobre as circunstâncias extraordinárias em que
Deus se revela no fogo.

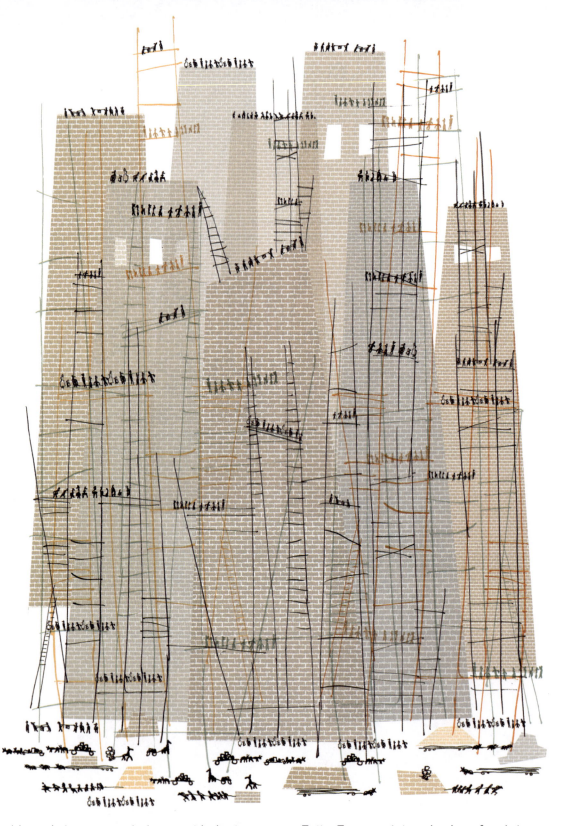

Naquele tempo, construíam-se cidades imensas no Egito. Eram canteiros de obras faraônicos.

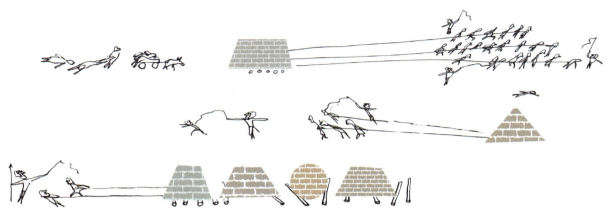

Milhares de trabalhadores maltratados e espoliados carregavam blocos de pedras e fabricavam incontáveis tijolos.

O Faraó precisava de mais e mais gente.

E foi assim que os hebreus se tornaram escravos no Egito.

Tinham se multiplicado.

Os egípcios diziam: os hebreus vão tomar nosso lugar!

O temor e a desconfiança tomaram o lugar da harmonia.
A hospitalidade se transformou em opressão.

O Faraó chegou mesmo a ordenar a morte de todos os meninos hebreus recém-nascidos.

E agora queria impedir que chegassem a nascer.

Os soldados jogavam os bebês no Nilo.

Naquele tempo, além dos barcos dos pescadores, as águas verdes
do Nilo eram singradas por barcaças que transportavam os imensos blocos de pedra
para a construção das cidades. Havia também crocodilos, serpentes e peixes.

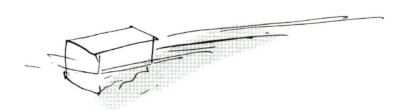

Mas, certo dia, apareceu uma pequena e estranha caixa.

Ela avançava devagar, levada pela correnteza, por entre os caniços.

Em uma das margens, a filha do Faraó se banhava, acompanhada por suas servas.

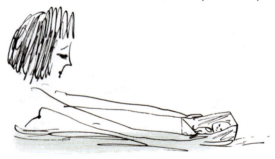

E ela nota a pequena caixa à deriva.

Dentro dela, vê um pequeno bebê choramingando.
É um menino hebreu.

A princesa o retira das águas.

Dá-lhe o nome de Moisés e o leva para ser criado por uma ama na corte do Faraó.

Moisés o Egípcio cresce e vê seus verdadeiros irmãos, os hebreus, padecendo nos imensos canteiros de obras.

Descobre que há dois povos dentro dele.

Um dia, Moisés toma as dores de um trabalhador hebreu

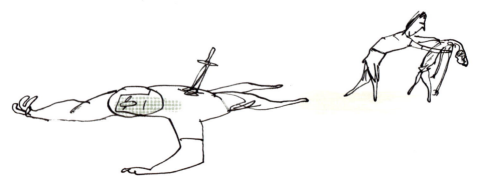

e mata o egípcio que o cobria de pancadas.

Moisés tem que fugir. Passa a errar pelas montanhas e vive entre os animais e os pastores. Torna-se um estrangeiro.

Certo dia, ao conduzir uma manada por uma montanha, Moisés vê um pequeno arbusto em chamas entre as rochas.

O fogo brilha e arde, castigando a sarça.

É um fogo que queima, mas não destrói!

Ilumina a vida, mas não a leva embora.

Moisés, Moisés, diz o fogo.

Estou aqui.

Não se aproxime, diz a voz.

Eu ouvi os gritos dos filhos de Israel. Eu vi a tirania e a escravidão.
Eu vi os sofrimentos dos filhos de Israel.

Diga ao Faraó: deixe meu povo partir.

Eu estarei com você.

Mas quem é você?, pergunta Moisés.

Sou Eu. O Deus dos seus pais, Abraão, Isaac e Jacó.

Sou Eu, YHWH.
Eu sou e Eu serei. O nome que salva e liberta.

Moisés cobre o rosto. Agora a esperança tem um nome.

Mas ele se sente muito pequeno. Ninguém vai acreditar nele.

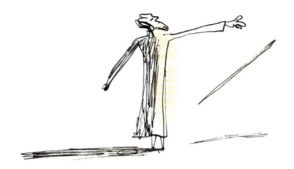

Solte o seu cajado, diz a voz.

O cajado se transforma em uma serpente.

Mas os outros não vão lhe dar ouvidos. Sente a língua pesada e a boca fechada.
A voz diz: serei a sua língua, serei a sua boca.

15.
A LIBERTAÇÃO DO POVO

ou

a noite da travessia

A partir do Livro do Êxodo,
capítulos 9 a 15

Que trata do braço de ferro entre Moisés e o Faraó.
E conta como o povo escravizado recebe
em plena noite a notícia da libertação e experimenta
o preço da liberdade.

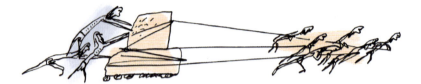

Havia quatrocentos anos que o povo vivia como escravo nos canteiros de obras do Faraó.

Todos os dias, acontecesse o que acontecesse, todos tinham de produzir em meio ao barro a mesma quantidade de tijolos.

Os tijolos do medo. Os tijolos da vergonha.

E todos os dias Moisés e Aarão, seu irmão, iam ao palácio para falar com o Faraó.

E lhe transmitiam as palavras de seu Deus: deixe meu povo partir.
Eu sou YHWH. Vou libertar meu povo da escravidão.

Mas o Faraó dava sempre a mesma resposta: trabalho ou morte.

Moisés decide desafiar o Faraó, seus magos e seus feiticeiros.

Aarão joga no chão seu cajado, que se transforma em uma serpente.

Os magos do Faraó zombam dele, e fazem a mesma coisa.

Mas a serpente de Aarão engole todas as serpentes dos egípcios.

Mesmo assim, nada acontece. O Faraó não recua.

Ao trabalho! Ao trabalho!, gritam do lado de fora os guardas, que também eram hebreus. Não deem ouvidos ao que Moisés diz. Por causa dele, o Faraó não aguenta mais nem sentir o nosso cheiro.

Moisés cai em desespero. E diz a Deus: desde que comecei a falar com o Faraó em seu nome, tudo piorou. Aterrorizado, nem meu povo me ouve mais. Por que o Faraó me daria ouvidos?

Deus lhe responde: vou endurecer o coração do Faraó.

Rios de sangue.

Invasão de rãs, mosquitos, parasitas.

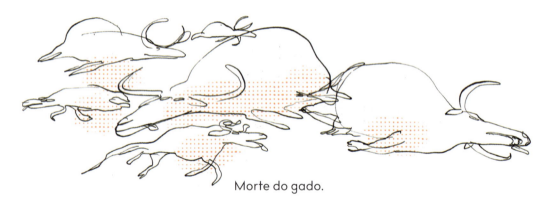

Morte do gado.

Chagas.

Chuva de granizo.

Invasão de gafanhotos.

Noite sobre a terra.

A cada novo golpe, o Faraó se amedronta e suplica a Moisés.
Mas, a cada novo golpe, o Faraó sente seu coração cada vez mais duro.

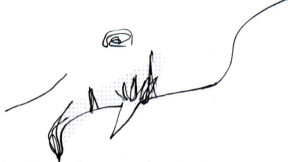

O tirano que não dá ouvidos à dor dos fracos que ele oprime tampouco escuta a própria dor.

O Faraó torna-se vítima da sua própria violência.

Até que vem o derradeiro golpe, antes da grande travessia.
O último sofrimento, que levará o Faraó a se dobrar.

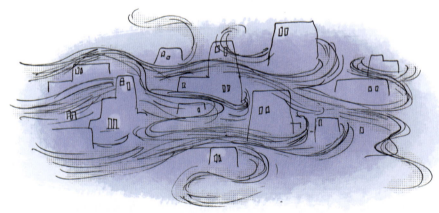

Durante a noite, a morte insidiosa se espalha e passa por baixo das portas de todas as casas,

matando os primogênitos de todas as famílias.
Ricos ou pobres. Príncipes ou escravos. Homens e animais.

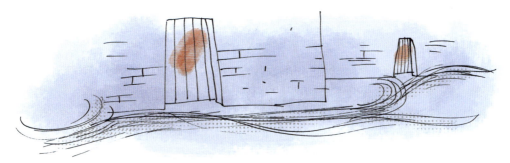

Mas o sopro da morte não passa sob as portas dos hebreus.
Como Deus havia ordenado a Moisés, os hebreus trataram de marcar suas portas
com sangue de cordeiro.

Prontos para partir, eles comem de pé, às pressas, a carne de cordeiro e os pães sem fermento.

Antes da noite e da grande fuga.

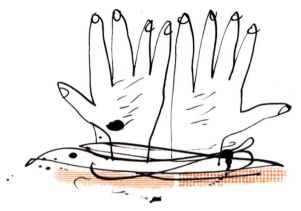

É a Páscoa. A grande travessia. A redenção e o salto no desconhecido.

Deus diz a cada um: lembre-se desta noite. Lembre-se do que eu fiz pela sua libertação.

O Faraó acorda no meio da noite. Seu filho primogênito está morto.

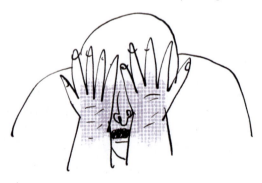

O Egito inteiro se transforma em um grande grito de dor.
Em cada casa, em cada palácio, pelo menos uma criança morta.

O coração do Faraó finalmente se dilacera. Ele liberta todos os escravos.
E deixa que Moisés e seu povo partam.

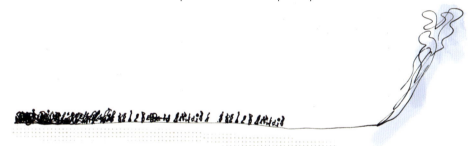

Durante o dia, uma coluna de nuvens avança diante deles no deserto.

À noite, é uma coluna de fogo.

Moisés carrega consigo os ossos de José.
Os hebreus levam vários objetos preciosos do Egito.

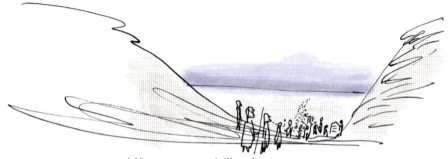

Não seguem a trilha de sempre.
Avançam em uma direção desconhecida. Direto rumo ao mar.

O povo se amedronta e exclama: melhor ser escravo no Egito que morrer no deserto!

Não tenham medo, responde Moisés. Deus está conosco.

Diante do mar imenso, a noite se ilumina. Moisés ergue o braço e o cajado.
O mar recua e se separa, como no começo do mundo, quando Deus separara a terra e as águas.
O povo liberto passa pela faixa seca no meio do mar, entre duas muralhas de ondas.

Desvairado de dor e sedento de vingança, o Faraó lança seus carros e seus exércitos em perseguição aos fugitivos.

As ondas voltam a se fechar depois que o povo passa.
Os cavalos e os cavaleiros egípcios são engolidos pelas águas do mar.

A morte devasta tudo.
Livres, os hebreus voltam-se para trás e veem os cadáveres dos egípcios às margens do mar.

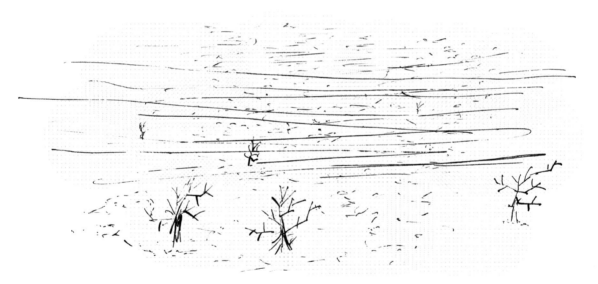

Diante deles está o deserto.
E, em meio às areias, o caminho da liberdade e da responsabilidade.

16.
OS DEZ MANDAMENTOS

ou

os caminhos da liberdade

A partir do Livro do Êxodo,
capítulos 16 a 31

Em que se trata do alimento que cai do céu
e dos dez mandamentos recebidos no alto de uma montanha
que fumega e estremece. E também do difícil aprendizado
da responsabilidade.

Livres, enfim.
A escravidão no Egito não passa, agora, de uma lembrança terrível. Mas o povo está inquieto.

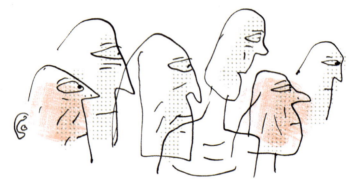

Não há nada pela frente. Só o deserto. Como avançar?

O deserto evoca todos os temores, todas as frustrações. Falta tudo.
A espera é longa. Os dias são ardentes. As noites, gélidas.

Como se tornar um povo livre em tais condições?

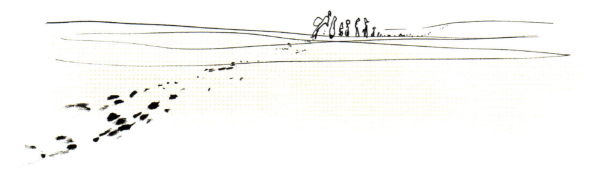

Mas é atravessando o deserto que todos poderão aprender a responsabilidade e a liberdade.

O povo começa a reclamar de Moisés.
Por que seguir por esse caminho? Foi para morrer de fome que você nos trouxe para o deserto?

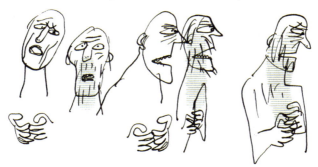

Se tivéssemos ficado como escravos do Faraó, pelo menos teríamos comida para matar a fome!

E sonham com as tigelas cheias de carne e pão que tinham no Egito.

Mas Deus escuta. E diz a Moisés: fique tranquilo. Ao anoitecer, eles comerão carne.
E de manhã terão pão.

Na mesma noite, milhares de codornizes invadem o acampamento.
Acendem-se as fogueiras. Todos comem as codornizes assadas.

Na manhã seguinte, a areia do deserto brilha como prata.
O orvalho cobre o solo de finas lascas de gelo.

O que é isso?, pergunta o povo.

Ao medo de não ter nada, Deus responde com o espanto. Esse é o pão de YHWH. Todos podem comer dele todos os dias, segundo suas necessidades. Nem mais, nem menos.

No deserto, o povo tem sede. Se é para morrer de sede, por que nos fazer sair do Egito? Melhor a escravidão que a morte no deserto.

Moisés não aguenta mais. O povo ameaça mesmo apedrejá-lo.

Mas Deus escuta. E diz a Moisés: calma! Bata no rochedo de Horeb, e a água há de correr.

Chegando ao pé do Sinai, os hebreus erguem seu acampamento.

Moisés diz ao povo: sejam responsáveis! Não posso carregar sozinho o peso de todos vocês.

Moisés escala o monte até chegar a Deus.

Deus grita em meio à escuridão e às nuvens: vocês viram o que fiz por vocês.
Eu os libertei e carreguei nas asas de uma águia até mim.
Agora, se me ouvirem, se mantiverem a aliança comigo, vocês serão o meu tesouro.

Deus transmite dez mandamentos a Moisés.
Dez mandamentos escritos na pedra.
Dez mandamentos para se viver junto.

I.
Eu sou יהוה, YHWH, teu Deus,
que te fez sair da terra do Egito e da escravidão.
2.
Não terá outros deuses diante de mim.
Não farás para ti imagem do que há no céu,
do que há na terra e do que há nas águas.
3.
Não invocarás o Nome de Deus em vão.
4.
Guarda o dia do sábado.
Nesse dia, não farás nenhum trabalho,
nem tu nem ninguém.
5.
Honra teu pai e tua mãe.
E viverás por muito tempo.
6.
Não matarás.
7.
Não cometerás adultério.
8.
Não roubarás.
9.
Não darás falso testemunho.
I0.
Não cobiçarás a mulher, a casa
nem nada que pertença
ao teu próximo.

O monte se ilumina, fumega e estremece.

Moisés continua ali, envolto pela nuvem negra no cume da montanha.

Ao longe, lá embaixo, o povo espera por Moisés.

17.

O BEZERRO DE OURO

ou

o invisível extraviado

A partir do Livro do Êxodo, capítulos 32 a 34,
e do Livro do Deuteronômio, capítulo 34

Em que se prefere cultuar o que se vê a confiar naquilo que é invisível.
E sobre o que acontece com quem tem a tentação de ver o divino...
em um bezerro.

O povo caminhou durante mais de três meses no deserto antes de chegar ao Sinai.

Ali, no alto da montanha,
Deus transmite a Moisés suas palavras sobre a responsabilidade e a liberdade.

Sobre como viver em paz.

Sobre como atender às necessidades de todos.

Sobre como amar Deus e respeitá-lo.

E sobre como amar e respeitar o próximo.

Mas tudo isso é demorado, muito demorado.
Moisés tarda a descer do monte.

Embaixo, o povo se impacienta e se revolta. Onde está Moisés? O que faz lá em cima?

Para acalmá-los, Aarão propõe que separem todas as joias que possuem, que as derretam e com elas ergam uma estátua.

A estátua de um bezerro de ouro!

A imagem reluzente de todos os seus desejos ocultos.

Finalmente uma imagem tranquilizadora de um deus! O deus das paixões e das posses.

É ele o Libertador!, grita o povo.
As pessoas comem, bebem e dançam a noite toda.

Ao longe, a montanha arde e ruge cada vez mais alto.

Deus está furioso. Que povo renitente!

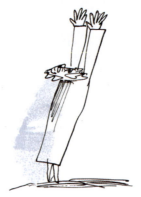

Moisés suplica a Deus que não renuncie a seu amor por aquele povo nem à promessa que fizera.

Eles terão tantos filhos quantas são as estrelas no céu.
E a sua será uma terra de leite e mel.

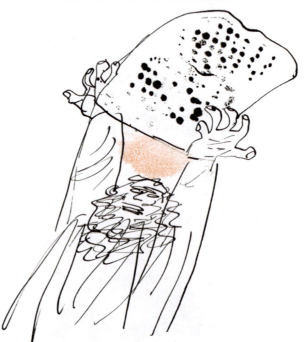

Moisés desce da montanha e, tomado de cólera, quebra as tábuas de pedra
em que o dedo de Deus escrevera suas palavras.

Interrompe as danças. Destrói o bezerro de ouro
e mistura o pó com a água que obriga o povo a beber.

Nessa noite, Moisés ordena a morte de três mil homens no acampamento.

Em seguida, afasta-se e monta sua tenda a distância.

A sombra de Deus encobre e protege a tenda de Moisés.
Todas as noites, a nuvem se ilumina bem em cima de sua tenda.

Moisés lapida duas novas tábuas de pedra, iguais às primeiras.

No alto da montanha, Deus torna a escrever na pedra os dez mandamentos que escrevera antes.

Deus dá instruções para que se construa uma arca, dentro da qual serão conservadas as Tábuas da Aliança entre ele e seu povo.

É uma caixa semelhante a uma casinha.
Um templo portátil, que o povo levará consigo a toda parte.

Todos devem participar de sua construção.
Trazem ouro, prata, pedras preciosas, madeira, tecidos.

É uma arca feita de acácia revestida de ouro puro.
A Arca da Aliança.

Moisés envelhece. Está com cento e vinte anos e não consegue mais se mover como gostaria.

Faz de Josué seu sucessor. Agora é ele que deve conduzir o povo.

Moisés sabe que não chegará à Terra Prometida.
Mas ele continua fiel à aliança que Deus lhe confiou.

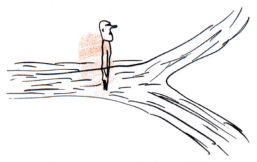

Essa aliança torna cada um responsável por todos e por si mesmo.
Ela põe todos diante da escolha entre a vida e a felicidade ou a morte e a desgraça.

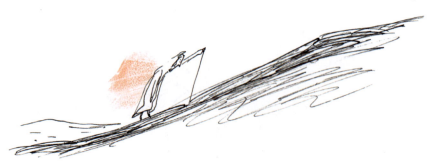

Deixando para trás a estepe de Moab, Moisés escala vagarosamente o monte Nebo.
Diante de Jericó.

Lá de cima, ele vê toda a Terra Prometida, até o mar.

E ali morreu Moisés.
Depois de ter escrito a lei de Deus.

Até hoje, ninguém encontrou sua sepultura.

18.

JERICÓ

ou

a epopeia sangrenta da terra

A partir do Livro de Josué

Em que se conta como a Terra Prometida foi conquistada com a ajuda
de uma prostituta estrangeira. E de como as muralhas intransponíveis
ruíram ao clamor das trombetas.

Naquele tempo, Josué recitava dia e noite o livro dos ensinamentos de Moisés.

Ele se pergunta como há de realizar a promessa de chegar àquela terra de leite e de mel. Como atravessar a foz do Jordão?

A planície está inundada. O povo aguarda à margem do rio transbordante.

Deus fará prodígios, acredita Josué.

As doze tribos de Israel avançam uma atrás da outra.
A Arca da Aliança vai à frente. Assim que os portadores da arca molham os pés na água,
o curso do rio se detém.

O povo atravessa o Jordão ressequido.

Cada uma das doze tribos recolhe uma pedra do leito do rio.

E Josué empilha as doze pedras no meio do Jordão.
Contam que elas ainda estão lá, como testemunho.

Ao longe, as muralhas de Jericó. Cidade fechada. Ninguém entra, ninguém sai.

Em suas ruelas, movem-se as sombras de dois homens.
São espiões, enviados por Josué para estudar o lugar.

Perto das muralhas vive uma meretriz, chamada Raab.
Ela ouviu falar dos feitos de Moisés e de seu Deus.

Os espiões batem à sua porta. Os homens do rei de Jericó estão em seu encalço. Raab aceita ajudá-los.

Ela os conduz ao telhado da casa, onde eles se escondem sob lençóis.

Os soldados interrogam Raab: onde estão os espiões? Eles partiram com a noite, diz ela.

Depois, ela faz os dois descerem discretamente do telhado com uma corda.

Você salvou as nossas vidas, dizem os homens.

Amarre um fio vermelho em sua porta, e nós a pouparemos.

No acampamento, o povo se inquieta. Nossa coragem se foi, dizem.

Um estranho cavaleiro aparece então para Josué. O chefe dos exércitos de Deus.
YHWH concederá a batalha a você, diz ele.

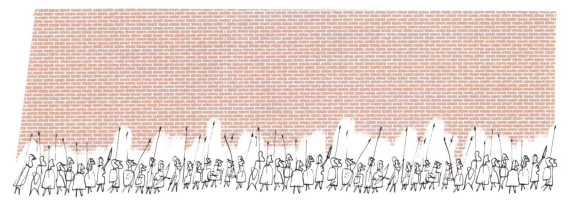

No dia seguinte, os guerreiros hebreus dão a volta ao redor de Jericó.
Uma vez por dia, durante seis dias.

À frente, sete sacerdotes levam a Arca da Aliança e sete trombetas de chifres de carneiro.

No sétimo dia, eles dão sete voltas. Então os sacerdotes tocam as trombetas.

Josué ordena: gritem!

Todas as muralhas de Jericó caem por terra.

Os guerreiros entram na cidade.
Massacram homens e mulheres, crianças, velhos, mesmo os touros, os carneiros e os burros.

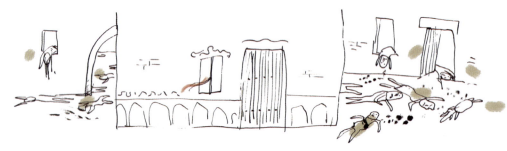

Apenas Raab e sua casa são poupadas. Uma mulher, prostituta e inimiga, ajudou Israel.

A cidade não passa agora de um monte de cinzas.

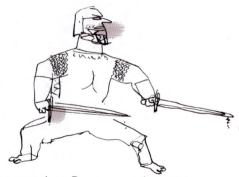

As conquistas se sucedem. Deus concede a vitória a seu povo.

Os reis inimigos são enforcados em uma árvore.

Ora Deus faz cair do céu uma terrível chuva de granizo.

Ora Deus corta os jarretes de todos os cavalos.

Certo dia, Josué faz o Sol se deter.

O Sol e a Lua permanecem imóveis no céu, até o fim dos massacres.

Todas as cidades, uma por uma, são atacadas, conquistadas e destruídas: Maceda, Laquis, Lebna, Eglon, Hebron, Dabir, Cades, Gaza, Gósen, Gabaon...

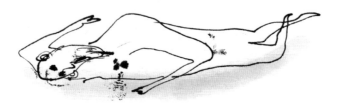

Todas as criaturas vivas são passadas ao fio da espada.
Da planície à montanha: nenhum sobrevivente.

Depois, a terra descansa da guerra.

As doze tribos vitoriosas dividem entre si a terra de Canaã.

Josué já está bem velho. Continua a recitar as leis de Moisés.

Ele diz adeus ao povo reunido: vou tomar agora o caminho de todos. Lembrem-se sempre de que Deus lhes concedeu a vitória.

19.
RUTE

ou
as colheitas encantadas

A partir do Livro de Rute

Sobre a bela história da jovem estrangeira
moabita que escolhe Israel por amor.
De como ela arrebata o coração de Booz.
E de como se torna a bisavó do rei Davi.

Vou contar uma breve história dos tempos antigos,
quando os juízes governavam a terra de Israel.

É a breve história de Rute, uma jovem estrangeira que perdeu tudo: marido, proteção, terra e refúgio. Mas que não desistiu da vida, até encontrar a felicidade sob as asas do Deus de Israel.

A história tem início em Belém, "a casa do pão", a cidade em que nasceu o rei Davi.
Mas naquele ano já não havia pão para comer.

A doce Noemi e seu marido Elimelec, mais seus dois filhos,
são expulsos de Belém pela fome.

Emigram então para o norte, em terra estrangeira.

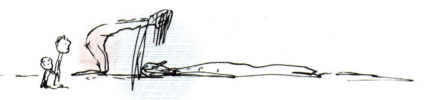

Extenuado, Elimelec não tarda a morrer.

Choro, lamentos.

Mais tarde, os dois filhos se casam com duas belas estrangeiras, Orfa e Rute.

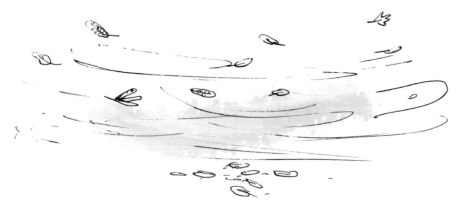

Dez anos se passaram. Na grande planície de Moab, ao norte do mar Morto,

três pequenas silhuetas negras avançam em direção a Belém.

Uma velha senhora, exausta e desolada. É Noemi.
E duas jovens vestindo luto por seus maridos. Orfa e Rute.

Devemos nos separar, diz Noemi. Estou velha demais. Voltarei para minha casa em Belém.

Choro, lamentos. Orfa quer dar meia-volta.

Mas Rute não aceita. Rute insiste em ficar com Noemi.

Seu povo é meu povo. Suas noites serão as minhas. E sua sepultura será minha sepultura também.

Em Belém, tudo é alegria. Noemi voltou!

Não me chamem mais de Noemi, nem de doce Noemi. Chamem-me de Mara.
Pois me fiz amarga, e volto desolada.

A estação da colheita começava em Belém.

Rute procura trabalho. Começa a recolher as espigas largadas nos campos.

O rico e poderoso Booz, parente próximo de Noemi, repara naquela figura.

E pergunta aos ceifadores: quem é aquela mulher?

É uma estrangeira que perdeu tudo. Vive como pode.
Pediu permissão para pegar as espigas que ficam para trás.

Booz se comove. Aquela jovem estrangeira veio se pôr sob as asas do Deus de Israel.

Ele permite que ela volte quando quiser e lhe dá de comer e de beber.

À noite, Rute leva para Noemi tudo o que consegue colher.

Booz é meu último parente, diz Noemi. E você precisa de um protetor.
Esta noite, lave-se e perfume-se.

Cubra-se com sua manta e vá se deitar perto de Booz, quando ele estiver adormecido.

Booz dorme junto aos seus.
Rute o encontra e se deita ao seu lado sob a luz do luar.

No meio da noite, o frio desperta Booz, que vê a jovem ao seu lado.

Sou eu, Rute, diz ela. Eu sou sua. Estenda suas asas sobre mim.

Booz volta a se comover.

No dia seguinte, sentado à frente da porta da cidade, Booz trata de tudo.
Compra as antigas terras do marido de Noemi e toma Rute por esposa.

Dessa história nasce um filho, Obed.

A velha Noemi pega a criança em seus braços.
Obed será pai de Jessé, que será pai do grande rei Davi.

Uma história antiga, pequenina como um grão de trigo,
tornou-se uma das grandes histórias do nosso povo.

20.
SANSÃO E DALILA

ou

o juiz indomável

A partir do Livro dos Juízes,
capítulos 14 a 16

Em que se aprende que não se deve brincar com os nervos de um herói.
E como seu fraco pelas mulheres levou-o a se perder.
Não sem alguma esperteza e grande estardalhaço.

Naqueles tempos, ainda não havia rei nem templo.
O povo de Israel vivia sob a dominação dos filisteus.

E todos esperavam por um novo libertador.

Uma mulher estéril recebe a promessa.

Um anjo de Deus lhe anuncia: você terá um filho. E o consagrará a Deus.
E ele salvará Israel das garras dos filisteus.

Nasce a criança. Seu nome será Sansão.

Tem cabelos compridos, que não corta nunca, em sinal de sua consagração a Deus.

Logo descobrem a sua força prodigiosa.

Atacado por um leão, ele o estraçalha como se fosse um cabrito.

Trinta inimigos não lhe metem medo algum. Ele os massacra de um só golpe.

O povo de Israel aplaude: é um verdadeiro herói!

Mas, como todos os heróis, Sansão tem um ponto fraco.

É um homem apaixonado. Adora as mulheres.
É capaz de arriscar tudo para ver uma jovem filisteia.

Cede a seu charme e quer se casar com ela. E é o que faz.

Mas os filisteus não aceitam essa união.
E levam a jovem e seu pai para arderem vivos numa fogueira.

O herói fica furioso.

Então ele captura trezentas raposas. Sansão amarra-as de duas em duas, prendendo uma tocha acesa entre os rabos. E solta as raposas no meio das plantações dos filisteus.
Toda a colheita arde em chamas.

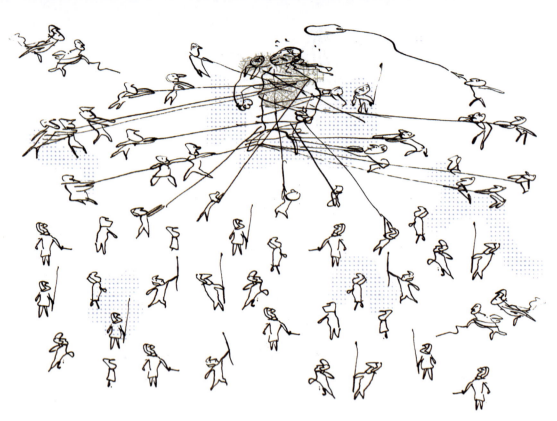
Os filisteus mandam três mil homens para prender e amarrar Sansão.

O gigante se solta sem grande esforço.

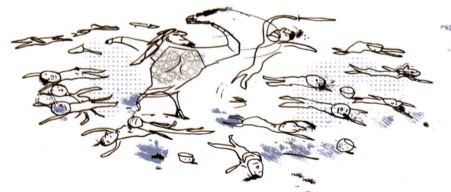
Massacra os filisteus, servindo-se apenas de uma ridícula queixada de jumento!

Em Gaza, é hora do descanso.
Sansão passa a noite na casa de uma prostituta sedutora.

Mas os outros aproveitam para trancafiá-lo na cidade.

No meio da noite, Sansão arranca as pesadas portas da cidade
e as carrega até o alto de uma montanha.

Por fim, apaixona-se por Dalila, que é pobre, morena e bela.

Todas as noites, Dalila o atormenta. Quer saber qual é o segredo de sua força.

Sansão desconversa. Mas então você não me ama?, pergunta ela.

Dalila se recusa a ele. Sansão acaba cedendo.

Sua força vem da sua cabeleira.

Dalila então espera que Sansão adormeça

para lhe raspar a cabeça!

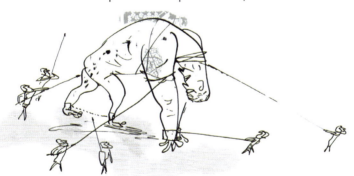

Agora os filisteus podem capturar sem resistência o gigante de Deus.

Furam seus olhos. Sansão nunca mais verá o Sol nem as mulheres.

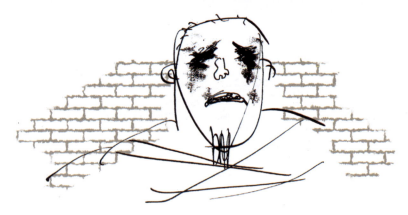

Trancafiam-no na prisão de Gaza.

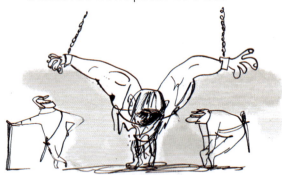

Herói destronado. Gigante humilhado. Alvo de zombaria.

Mas seus cabelos tornam a crescer.

Certo dia, ele faz um pedido: deixem-me sair e me apoiar contra as colunas.

Então, tendo recobrado as forças, derruba as colunas com seu peso.
Tudo desmorona. Vamos todos morrer juntos!, grita Sansão.
Morre por sua própria força, ao mesmo tempo que mata mais pessoas que em toda a sua vida.
Forte e vulnerável, Sansão preferiu a destruição à vergonha.

21.

SAMUEL E SAUL

ou

a sagração do primeiro rei

A partir do Primeiro Livro de Samuel,
capítulos 9 a 12

Em que se relata como Israel clamava por ter um rei,
como as outras nações. E em que se evoca a trágica tristeza
do rei Saul, apesar de suas vitórias nas guerras.

Naquele tempo, não havia rei em Israel.

Há Samuel, um menino. E Ana, sua mãe, que tinha rezado para ter um filho.

Todos os anos, Ana tece para ele um novo casaco.

O jovem Samuel cresce. Junto ao velho sacerdote Eli, ele serve ao Deus que faz viver e morrer.

Certa noite, uma voz chama por Samuel. Uma vez, duas vezes...
Samuel corre até Eli, que lhe responde: não chamei você, volte para a cama.
Na terceira vez, Eli compreende: é Deus que está chamando o menino.

Samuel cresce, envelhece e se torna vidente.

Naqueles tempos, o povo vivia infeliz, uns com medo dos outros.

O povo passa a exigir um rei. Queremos ser iguais aos outros povos.
Queremos um rei. Samuel lhes diz: mas um rei vai levar seus filhos para serem soldados
ou camponeses, e suas filhas também, para servi-lo. Vocês serão escravos de um tirano!

Você está velho demais para nos ajudar. Queremos um rei!

Samuel está decepcionado.
Mas Deus lhe diz: um homem virá ao seu encontro. É ele que eu dou a Israel para ser seu rei.

Um homem pobre tinha um filho jovem e belo. Era Saul.

Certa manhã, Saul parte em busca das jumentas perdidas do pai.
Não há como encontrá-las. Ele procura Samuel, o vidente.

Samuel o recebe como um príncipe. E lhe faz as honras a noite toda.

Na manhã seguinte, Samuel e Saul sobem ao telhado da casa.
O dia mal nascera. Samuel derrama azeite sobre a sua cabeça e lhe diz: você é o chefe de Israel.

O velho Samuel reconheceu o rei.

Mas eu sou tão pequeno, pensa Saul.

Samuel convoca todas as famílias do povo. Manda chamar Saul.

Ele está escondido junto às suas bagagens. Tiram-no dali. Ele é grande e prodigioso.

Viva o rei, exclama o povo ao vê-lo aparecer.

O rei Saul então move a guerra contra todos os inimigos de Israel.
Sua vida é feita de destruição e massacre. De escuridão.

Deus ordena que Saul extermine um velho inimigo: Amalec.

Mate-os todos, homens, mulheres, crianças, bois, burros, camelos... Apague toda lembrança de Amalec, descendente de Esaú. E apague em si mesmo toda lembrança de ódio e de destruição.

E os exércitos vitoriosos de Saul recolhem o butim e fazem prisioneiros. Mas Saul poupa o rei inimigo.

Samuel fica furioso. Saul não respeitou a palavra de Deus.

Samuel manda executar o rei de Amalec. Depois, separa-se de Saul. Nunca mais há de vê-lo.

Saul tenta retê-lo, puxá-lo pelo manto, que se rasga.
É a sua realeza que acaba de se rasgar, declara Samuel.

Saul sente uma tristeza infinita. Um rei convertido em não-rei.

A melancolia corrói Saul como um sopro ruim. A sombra de Deus afastou-se dele.
Restam apenas a noite e os fantasmas junto ao gigante entristecido.
E a lembrança do mal.

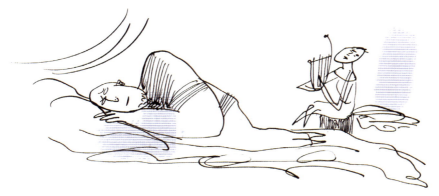

Os únicos alívios para o abismo de sua loucura são a música e os cantos de Davi,
um jovem pastor. E Saul, em meio ao sofrimento, toma-se de afeição por Davi.

22.

DAVI E GOLIAS

ou

o menino rebelde

A partir do Primeiro Livro de Samuel,
capítulo 17

Da incrível aventura de um garoto que derruba um gigante.
E de como um pastor, um menino que toca harpa, entretém o rei Saul em meio
à sua tristeza antes de se tornar um vitorioso senhor da guerra.

No tempo do rei Saul, a guerra grassava em toda Israel.
As batalhas se sucediam.

Os filisteus sobre uma montanha e Israel sobre outra. Entre os dois, uma planície regada a sangue.

Como pôr fim a essa carnificina?

Toda manhã e toda noite aparecia no campo inimigo um gigante
de três metros, vestido de bronze e ferro e armado até os dentes.

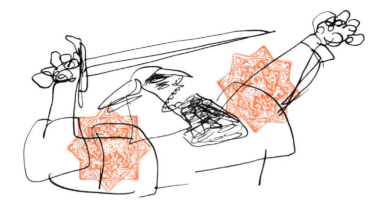

Ele gritava para as fileiras de Israel: por que matar uns aos outros?

Escravos de Saul, eu lhes lanço um desafio.

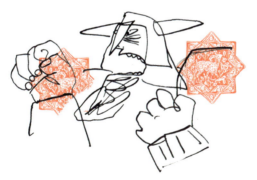

Escolham um herói, e que ele venha lutar comigo.

Quem ganhar levará a vitória para o seu campo.

Do lado de Israel, pânico. Quem poderia enfrentar o gigante Golias?

Os soldados contam que o rei Saul dará riquezas,
dará sua filha a quem vencer Golias.

O jovem Davi, músico e pastor de Belém, ouve o falatório.

Espertinho!, zombam dele seus irmãos. Dê-se por satisfeito com assistir ao combate!

Ora, o rei Saul gostava de ouvir Davi tocar sua harpa.
Só assim afugentava seus pensamentos sombrios.

Davi aproveita e lhe diz: eu quero lutar com aquele filisteu.

Perto de Golias, você é apenas uma criança!, diz Saul.

Oh, responde Davi, eu já pus para correr leões e ursos que atacavam meu rebanho.

Arranquei carneiros vivos de dentro da bocarra das feras.
Deus me livrou das garras do leão e do urso, e o fará diante de Golias.

Saul então veste Davi para a batalha. Capacete e armadura de bronze.

Dá-lhe até a espada real!

Mas o franzino Davi é incapaz de andar com tanto peso sobre o corpo.

Ele veste de novo sua roupa de pastor

e escolhe no riacho cinco pedras chatas para sua funda.

Então Davi vai ter com Golias. Você é ridículo!, diz o gigante.
Você servirá como alimento para os pássaros e os animais nos campos.

Sua força e suas armas não servirão para nada, responde Davi.
Trago comigo o nome de YHWH. Vou matá-lo e lhe arrancar a cabeça.

Golias avança, e Davi atinge a testa do gigante com uma pedra lançada de sua funda. Um único golpe.

Golias desmorona. Davi se lança contra ele e lhe corta a cabeça.

Estupefatos, os filisteus batem em retirada.

Em Jerusalém, Davi entrega ao rei Saul, como troféus, a cabeça e as armas de Golias. Torna-se comandante do Exército e obtém uma vitória atrás da outra.

A cada vitória, as mulheres dançam e cantam: Saul derrotou mil homens, mas Davi derrotou dez mil.

Saul fica louco de ciúme. E começa a delirar.

Certa noite, enquanto Davi toca sua harpa, Saul avança sobre ele com sua lança, dizendo: vou pregá-lo na parede.

Davi se esquiva de todos os golpes. Não quer fazer nenhum mal ao rei.

Então Saul compreende que Deus está do lado de Davi. Fica com medo.
Saul torna-se cada vez mais sombrio. E Davi, cada vez mais famoso.

23.

DAVI
E
BETSABEIA

ou

crime, castigo e perdão

A partir do Segundo Livro de Samuel,
capítulo II

Sobre como Davi se torna um grande rei
e o que lhe acontece por ter seduzido Betsabeia,
mulher de seu melhor soldado.

Nos tempos do rei Saul, a espada destruía tudo, sem descanso, espalhando amargura e sofrimento.

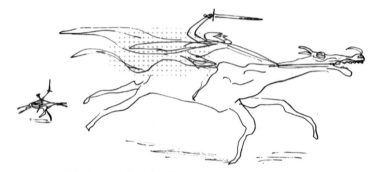

Emboscadas. Matanças.

O próprio Davi temia pela sua vida, de tão ciumento que era o rei.

Certa noite, em Jerusalém, um guerreiro, com as roupas em farrapos e a cabeça coberta de cinzas, vem lhe trazer a coroa de Saul.

E conta: gravemente ferido, o rei suplicou a seu pior inimigo que o matasse de vez.

Davi chora e se lamenta.

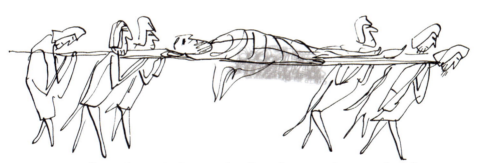

Como é possível que os heróis caiam em pleno combate?
Por que tantos massacres, e de que serve contá-los aos prantos?

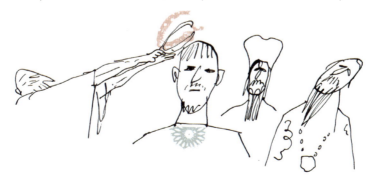

Davi se torna rei, mas nem por isso os clãs de Israel param de se matar.

Abner mata Asael, irmão de Joab. Joab mata Abner. Amnon, irmão de Absalão, filho de Davi, estupra sua irmã Tamar. Absalão mata seu irmão.
Absalão estupra as mulheres de Davi, seu pai. Joab mata Absalão.

Seu corpo coberto de sangue é jogado em uma vala no meio da floresta.

Davi grita: meu filho, Absalão!

Depois disso, recolhe-se a seu palácio, em Jerusalém. Dor imensa, sono impossível.

Davi passeia à noite pelo terraço. Seus olhos contemplam a cidade.

Ele vê uma mulher se banhando. Jovem. Bela. Tão linda de se ver.

É Betsabeia, a mulher de Urias, o Hitita. Urias, o fiel soldado a serviço de Davi.

Mas Davi gosta das mulheres de Jerusalém. E manda buscar Betsabeia.

Ele dorme com ela. Betsabeia não diz nada.

E, quando fica sabendo que Betsabeia está grávida, Davi imediatamente manda Joab, seu chefe de guerra, chamar Urias de volta do fronte.

Urias retorna a Jerusalém.

Descanse, diz Davi a Urias, tentando embriagá-lo, e sobretudo usufrua de sua mulher.

Mas Urias é de lealdade exemplar. Prefere voltar para os seus soldados.
Não quer abandoná-los no meio dos combates.

Davi então pede que Urias leve uma carta para Joab.

Urias não sabe, mas essa carta ordena a Joab que mande Urias para
as primeiras fileiras da batalha, para que seja morto.

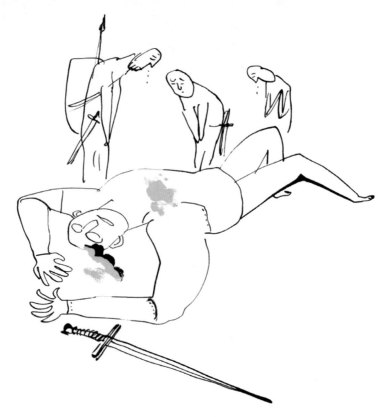

E assim se faz. O sangue é derramado. Os guerreiros choram.

Davi então esposa Betsabeia, mulher de seu mais fiel guerreiro, cuja morte ele mesmo provocara para não ter de encará-lo.

Natã, o profeta, é tomado de ira. Deus então faz com que o primeiro filho de Davi e Betsabeia morra. Mas poupa o segundo, Salomão.

Agora o rei Davi está velho. Sente frio. Quem irá sucedê-lo em seu crepúsculo?

Natã e Betsabeia lembram a Davi a promessa que ele havia feito:
meu filho Salomão reinará depois de mim.

Assim a promessa de Deus terá sobrevivido à mentira, ao adultério e à morte.

24.
ELIAS NO MONTE HOREB

ou

o quase silêncio de Deus

A partir do Primeiro Livro dos Reis,
capítulos 17 a 19

Em que se vê que ser porta-voz de Deus não é tarefa das mais fáceis.
E como, em seu desespero, Elias é levado a compreender
que Deus agora fala pelo som do silêncio.

Certo dia, um sujeito bastante esquisito, nunca antes visto, desconhecido de todos, aparece para anunciar ao rei Acab

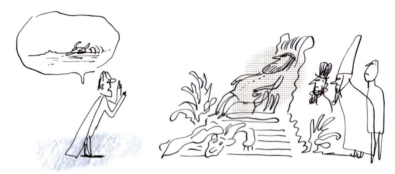

que não haverá mais chuva nem orvalho em todo o reino do Norte.

Seu nome é Elias. Ninguém sabe muito bem de onde veio.

Céu sem nuvens. Nada de água. Fome.

Furioso, o rei o ameaça. Elias desaparece no ato.

Mais tarde, quando Elias volta sem se fazer anunciar, Acab grita:
o que você está fazendo aqui, seu agourento!

Elias responde: são você e a rainha Jezabel que fazem a desgraça
do povo ao preferir Baal a YHWH, o Deus de Israel!

Sozinho, Elias lança um desafio aos 450 profetas de Baal.

Uma multidão imensa aflui ao monte Carmelo para assistir ao confronto.

Quem será o primeiro a acender a fogueira dos sacrifícios, Baal ou YHWH?

Os profetas de Baal começam.

Ficam exaustos de tanto orar, dançar, cortar a própria pele...
De nada adianta. Nada de fogo. Nada de chamas. Nada de Deus.

Chega a vez de Elias. Ele avança.

Chama por YHWH, seu Deus.

E um fogo enorme se ergue, devorando tudo por onde passa.

Vitorioso, Elias degola todos os profetas de Baal.

E a chuva finalmente volta a cair sobre o reino do Norte.

Mas, ameaçado de morte pela rainha Jezabel, mais que furiosa,
Elias precisa fugir o mais rápido possível.

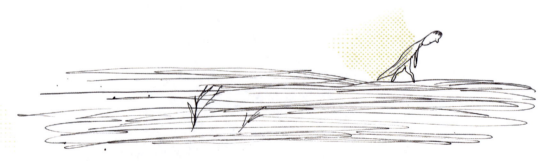

Caminha sozinho pelo deserto.

Um herói cansado. Um profeta sem esperança.

Deita-se sob uma giesta. Basta, diz ele. Prefiro morrer.
De que me serve seguir adiante? Não sou em nada melhor que meus pais.

Elias adormece.

Um anjo vem despertá-lo. Coma, beba e torne a partir, diz o anjo.

Elias segue pela trilha de Moisés. Quarenta dias, quarenta noites no deserto.

Mas, tendo chegado ao monte Horeb, onde outrora Deus tinha aparecido para Moisés, não encontra ninguém.

De repente, uma voz: o que você faz aqui? Estou sozinho, responde Elias, sou o único a defender o amor a Deus. Os outros preferem Baal e suas micagens.

Deus há de vir, responde a voz.

Mas Deus não vem e não responde como outrora.

Nem no vento das montanhas.

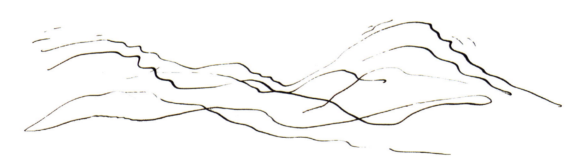

Nem na terra que treme.

Nem no fogo.

Não, Deus vem até Elias no som do silêncio. Um ruído suave como o pó.

Em sua solidão, Elias entende: o Deus vivo é hoje o deus do silêncio e da suavidade.

Elias pode agora voltar para Israel.

E, mais tarde, ele desaparece no céu.

É por isso que não fechamos nossas portas, pois ainda estamos à espera.

E deixamos uma cadeira vazia para quando ele vier até nós.

25.

SALOMÃO E A RAINHA DE SABÁ

ou

sabedoria e crepúsculo de um rei

A partir do Primeiro Livro de Reis

Que trata, entre outras maravilhas,
do prodigioso cortejo de uma rainha estrangeira
que decide ir consultar a sabedoria em pessoa.
E de como ela foi seduzida pelas palavras de Salomão,
o qual, no entanto, se perde ao envelhecer.

Naqueles tempos, Salomão, o rei de Israel, dedica-se de coração à sabedoria.
A mesma sabedoria que já estava lá antes que nossas histórias começassem.

Ele vê longe. Reúne uma fortuna imensa.

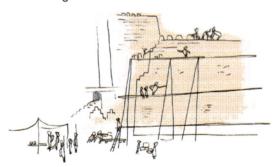

E, antes de mais nada, trata de cumprir a promessa feita por Davi, seu pai: construir
o templo de YHWH em Jerusalém.

Salomão manda trazer do Líbano florestas inteiras de cedros e ciprestes.
As obras duram sete anos.

Então Deus diz a Salomão: mantenha os olhos bem abertos, dia e noite, e cuide desta casa.

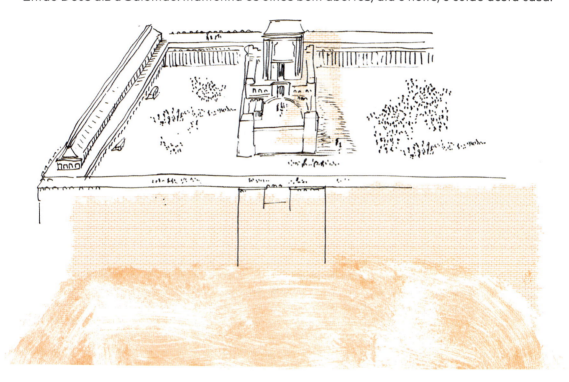

A beleza do templo manifesta a sabedoria no mundo.

E Deus aceita estar presente ali, entre os homens.

Mas Salomão se pergunta como fazer para manter Deus dentro de um templo se nem o céu nem o céu do céu são suficientes para contê-lo?

Então, uma névoa densa invade o Templo.
Os sacerdotes já nem conseguem mais rezar.

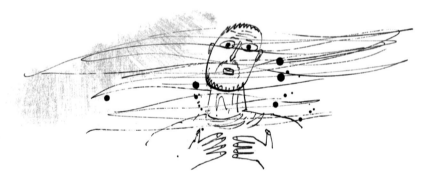

Eu ouvi você, Deus diz a Salomão.

No interior desta casa, eu estarei com o meu nome.
A beleza do mundo estará aqui com meus olhos. A sabedoria estará aqui com meu coração.

Mas, se vocês se afastarem de meu nome, meu coração e meus olhos, eu varrerei Israel da face da terra. Todos os povos zombarão diante das ruínas do Templo.

Salomão está pasmo.
Deus aceitará, então, as orações de qualquer homem que entrar naquela casa!

Organizam-se grandes festas em Jerusalém.
Durante catorze dias, vinte e dois mil bois e cento e vinte mil carneiros são sacrificados!

A sabedoria habitava o coração do rei Salomão.

A notícia se espalha pelo mundo inteiro.

Eis que, certa noite, uma rainha estrangeira, vinda do sul distante, chega a Jerusalém depois de uma longa viagem.

Ela vem ao encontro da sabedoria.

É uma rainha de uma beleza inaudita.

Acompanhada de tesouros maravilhosos e de criaturas desconhecidas até então.
O rei Salomão saúda os estranhos animais, um a um.

A rainha faz perguntas ao rei Salomão. Quer ver tudo, quer aprender tudo, quer lhe confiar tudo.
Até mesmo seu coração.

Salomão tem resposta para tudo.
A rainha de Sabá fica maravilhada com a sabedoria do rei de Israel.

O tempo passa, e Salomão está sozinho em seu palácio. Ele se pergunta: de que me serve ser sábio?

Ao envelhecer, ele se perde. Dera seu coração pela sabedoria, e agora vem a conhecer a loucura.

Todas as noites ele se entrega, desatinado, a várias mulheres estrangeiras.
Chega a ter setecentas esposas e trezentas concubinas.

Elas o enredam com seus jogos. Elas oram a outros deuses.
Salomão chega mesmo a mandar construir templos para os ídolos delas.

O Deus de Israel se enche de cólera.

Você não respeitou a minha aliança, vou partir o reino ao meio!
Destruirei o templo que não vive mais em seu coração.

Muitos lamentam: pobre do país cujo rei se tranformou em criança.
A partir desse dia, um longo crepúsculo se abateu sobre Israel.

26.

CENAS
DE AMOR

ou

o amor forte como a morte

A partir do Cântico dos Cânticos

Em que se vê que o grande rei Salomão, em Jerusalém,
soluciona todos os enigmas, mas que o mistério do amor
é o mais forte de todos. E que a verdadeira sabedoria
se obtém por meio de um canto de amor.

PRÓLOGO — NO HARÉM DE SALOMÃO, PALÁCIO REAL, JERUSALÉM

Salomão, filho de Davi, reina em Jerusalém.

É tão sábio, dizem, que entende a linguagem das árvores e dos pássaros.

Ninguém em Jerusalém é mais feliz que ele.

Soluciona todos os enigmas e agora quer solucionar o do amor. Compreender esse mistério que é amar.

Mas o amor é sempre o amor.

E Salomão, o Sábio amou muito o amor.

Dentre as mulheres amadas por Salomão, uma é a mais bela.

Alguns a chamam de Sulamita, aquela que traz a paz.

Outros de Shoshana, por ser bela como uma rosa ou um lírio.

O rei a chama para seu quarto.

ATO I — O SONHO, À NOITE, NA CIDADE

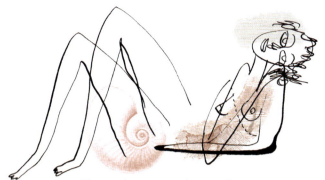

Ela sonha com os beijos de seu amante.

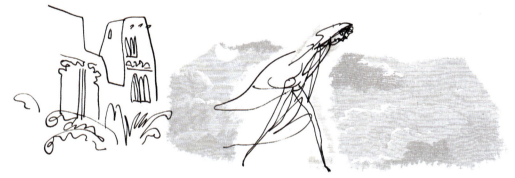

Em meio à noite escura, ela sai sem ser vista por ninguém.

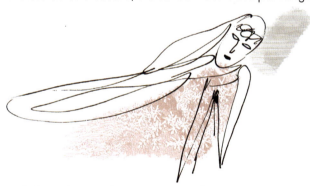

A única luz que leva é a que arde em seu coração.

Shuvi, shuvi, ha-Shulamit, shuvi, shuvi. Volte, volte, Sulamita, volte!

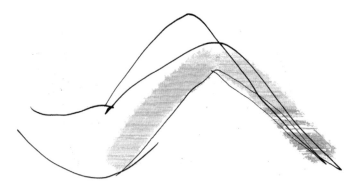

Teu ventre é um campo de trigo.

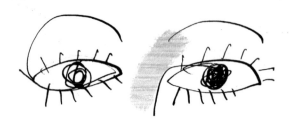

Teus olhos são pombas.

Teus seios são duas corças gêmeas.

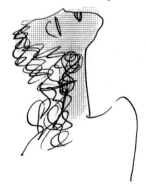

Negra, tão negra e esplendorosa. Mais bela que todas as moças de Jerusalém.

Ela canta.

Estou dormindo, mas meu coração está em vigília.

É o amor.
Todas as moças amam o amor.

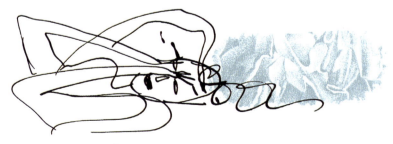

E eu estou doente de amor.

Que me tragam as forças de volta. Com maçãs. Com doces de uvas-passas.

Gazelas e cervas dos campos, moças de Jerusalém,

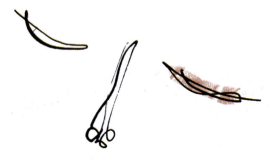

não despertem do amor, eu lhes suplico.

ATO II — FUGA E PERSEGUIÇÃO, À NOITE, MURALHAS DA CIDADE

Procurei noites e noites por aquele que amo.

Procurei-o em meu leito. Procurei-o pela cidade.

E não o encontrei. Mas os guardas, eles sim me encontraram.
Puxaram meu manto e bateram em mim.

Vocês viram aquele que eu amo?

ATO III—DIANTE DE SALOMÃO, PALÁCIO REAL, PÁTIO COM GUARDAS

Cortejo de Salomão. Sessenta guerreiros temíveis fazem a escolta.
Todos de espada em punho no meio da noite.

Salomão pergunta: você, a mais bela de todas as mulheres, qual é o seu segredo?
O que faz do seu um amor tão diferente dos outros?

Ela responde: meu amor é meu e eu sou dele.

ATO IV — APARIÇÃO DO AMANTE (EM SONHO?), COLINAS DE JERUSALÉM

Aí está ele. É o meu amor que vem chegando.

Antes do vento da manhã, antes da fuga das sombras,

com um salto sobre as colinas. Como um cervo ou um cabrito.

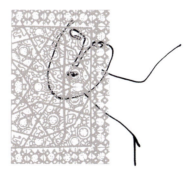

Aí está ele entre nossos muros. Ele olha através das janelas.

Mostre-me seu rosto, diz ele a mim.

Abra a porta para mim, minha irmã, meu amor.

Levanto-me para abrir a porta para o meu amor.

Tirei minha túnica.
Estendi minha mão em direção à porta. Tremo diante dele.

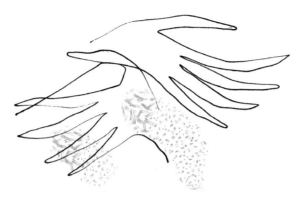

A mirra escorre entre meus dedos.

Aqui está você,
tão bela, meu amor.

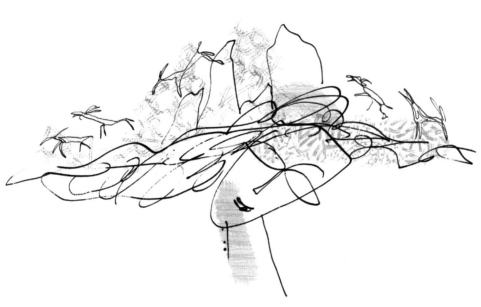

Bela como Jerusalém.
Seus cabelos são como cabras negras que descem a colina.
Suas faces são como as metades de uma romã.

ATO V — SUMIÇO DOS AMANTES ENTRE VINHEDOS E POMARES

Volte, volte, Sulamita. Você será contemplada.

Salomão, rei de Jerusalém, está em seu vinhedo.

Minha vinha está diante de mim.

Eu sou a habitante dos jardins.

Eu o encontrarei, meu amor.

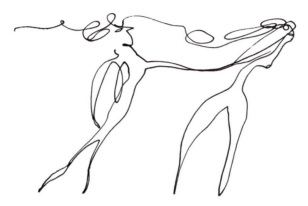

Eu o levarei para a casa de minha mãe.

E o despertarei sob a macieira.

Grave-me como um selo em seu coração.

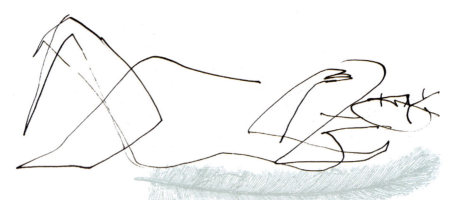

O amor é forte como a morte.

Nenhum rio levará o amor embora.

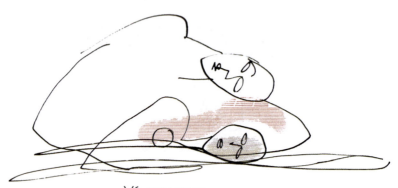

Vá, meu amor,

como um cabrito pelas montanhas.

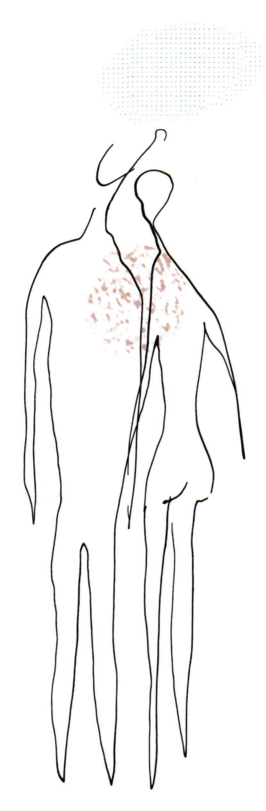

O amor é forte como a morte.

27.
VISÕES DE ISAÍAS

ou

um misterioso libertador

A partir do Livro de Isaías

Em que se conta o que acontece depois do desastre
do exílio. E as palavras arriscadas de um profeta
que vê, então, o que ninguém quer ver
e denuncia aquilo que ninguém quer ouvir.

No templo de Jerusalém, o rei Ezequias rasga suas vestes. Estupor. Lamentos.

Os exércitos do terrível soberano de Assur ameaçam Jerusalém e a Samaria.

Muitos se perguntam: por que os reis,
que nós mesmos pedimos a Deus, não nos protegem mais?

Os reis são mortais. Os reinos se vão. Como parece distante a voz de YHWH!
O medo está à solta. O povo vai atrás de magos, feiticeiros, necromantes.

Mas a voz de um profeta, Isaías, se ergue no templo. Eu vi, diz ele.

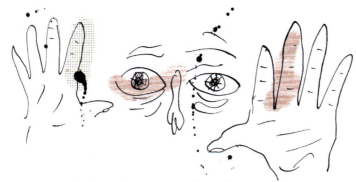

Isaías vê o que os outros não querem ver.
Ele se torna a boca de Deus e transmite sua palavra.

O grande rei de Assur destrói Samaria e o reino do Norte.
Exílio e deportação. Os refugiados afluem para Jerusalém.

Fortalezas destruídas. Castelos desmoronados. Só resta Jerusalém.

Uma reles cabana em meio a uma plantação de melões!, exclama Isaías.

Noite e desespero.

YHWH anuncia: acabei com Samaria e suas bugigangas. Agora é a vez de Jerusalém e seus ídolos.

Me causam asco todos esses sacrifícios,
todo esse sangue de touros e de carneiros,

essas festas e esses moinhos de rezas, essas mãos cobertas de sangue e de incenso.

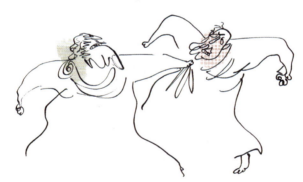

Os amigos se atacam.

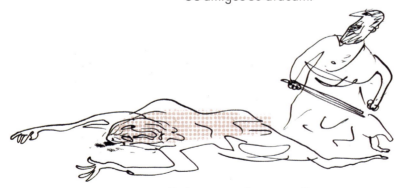

Os jovens matam os velhos.

Vocês estão perdidos! Voltem ao que é justo.
Defendam a viúva e o órfão. O fraco e o oprimido.

Sem direito e justiça, vocês darão fim à humanidade.

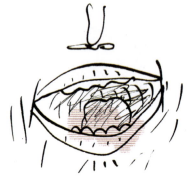

Jerusalém será salva pela justiça. Resistam.

Mas ninguém sabe por quem esperar.
Quem virá soprar sobre as cinzas da promessa?

Isaías repete: há um fogo que dormita. Vem nascendo uma esperança.
Os erros dos homens, vermelhos como sangue, ficarão brancos como neve.

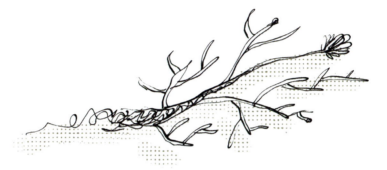

Não, nem tudo é escuridão para o desesperado. Uma árvore voltará a dar flores.

Um rei surgirá. Uma jovem dará à luz um salvador,
que fará justiça aos mais fracos.

Ele há de destruir os brutos e pôr de pé os humilhados.

Lobo e carneiro viverão juntos.

O leão pastará como um boi.

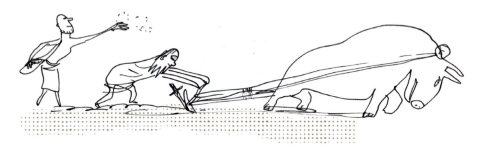

As espadas servirão de relhas para os arados.

Mas os reis se sucedem uns aos outros e nada veem.

Isaías morre, mas sua voz permanece. Não se prendam ao passado.
Deus irá criar novos céus, uma terra nova.

No ano de 586, Jerusalém é ocupada.

O templo é destruído. A realeza já não existe mais.

Muitos são deportados para a Babilônia.

A voz do profeta continua a ressoar nas ruínas e no exílio.

O libertador há de vir. Vocês não saberão reconhecer o rei pelo qual aguardam.
Ele será um servidor, um excluído. Sem forma, sem beleza,

sem mais nada de humano. Desprezado e sofredor,
ele carrega as doenças de todos. Uma pequena árvore ressecada.

Acolham-no, e ele há de surpreendê-los.
E todos hão de se rejubilar ao acreditar no inacreditável.

28.
VISÕES DE EZEQUIEL

ou

as palavras de um louco de Deus

A partir do Livro de Ezequiel

Em que se conta a história de um homenzinho
que parte para o exílio carregando sua mala.
E de como ele virá a revelar suas visões espantosas
de Jerusalém, tratada como uma prostituta.

Faz cinco anos que o rei da Judeia e sua corte vivem no exílio,
às margens de um rio, na Babilônia.

Surgiu entre os deportados um homenzinho estranho, com uma mala na mão.

É Ezequiel.

Ele diz que Deus se apossa dele para fazê-lo viajar no espaço e no tempo.

Uma voz teria dito a ele: pegue suas coisas de deportado.
Faça um buraco na parede e parta através dele.

Na noite do exílio, ele tem visões extraordinárias.

Denuncia a violência, a injustiça,
o gosto pelo luxo e os horrores cometidos.

Ele vê o céu se abrir e o poder divino que ruge como um fogo imenso no céu.

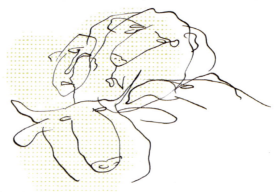

Quatro formas vivas, com quatro cabeças:
de homem, de leão, de águia e de touro.

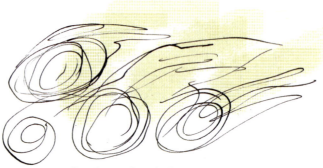

Quatro rodas de fogo.

A voz lhe diz: levante-se!

Entregam-lhe o rolo manuscrito de um livro:
lamentos, queixas, ai de mim!

Ezequiel deve comer esse livro. Mas o desespero,
em sua boca, tem o gosto doce do mel.

Certa noite, fica sabendo da morte brutal de sua esposa querida.
Suspira em silêncio. Mas não se veste de luto.

Os outros ficam escandalizados. É um sinal de Deus, explica ele.

Por que ficar de luto por ilusões perdidas?

Ezequiel desenha o mapa de Jerusalém em um tijolo. Com uma torre de assalto, máquinas de guerra e um acampamento de soldados que a assediam.

Vejam, diz ele, assim é Jerusalém: uma menina nua e abandonada desde o nascimento no meio de um campo, imersa em seu próprio sangue.

Só Deus nota sua existência. E a recolhe e a lava.

Jerusalém cresce. Torna-se bela: seios bem formados, cabelos longos.
Roupas bordadas, sandálias de couro e joias.

Deus abre suas asas sobre ela.

E estabelece uma aliança.

Mas Jerusalém usa de sua beleza para se prostituir.
Transforma suas joias em ídolos e se prostitui com eles.

Ela se prostitui no Egito, em Assur.

Abre as pernas à beira das estradas.

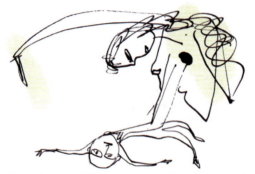

Degola seus filhos e os sacrifica a seus ídolos.

Os exilados então compreendem: nossa esperança foi destruída. Nossos ossos estão mortos. Estamos acabados.

Mas não! Nem o desespero nem a morte representam o fim.

Para quem ainda consegue acreditar no perdão, a história não acabou.

As cidades arruinadas serão povoadas por uma nova estirpe de homens.

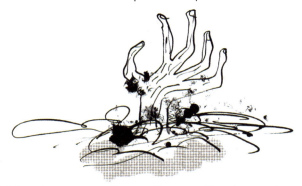

Vou tirá-los de suas sepulturas, diz a voz. Farei que retornem à sua terra.

Nada de ídolos, nada de revoltas; em vez disso, uma aliança de paz.

Meu perdão manifestará que eu sou YHWH.

E um forte vento leva Ezequiel para o meio
de um vale repleto de ossos ressecados.

Ezequiel se dirige aos esqueletos e lhes diz: ouçam a palavra de YHWH.

Um sopro de vento passa sobre os mortos e os massacrados.
E, com um ruído aterrorizante, os ossos voltam a se unir.

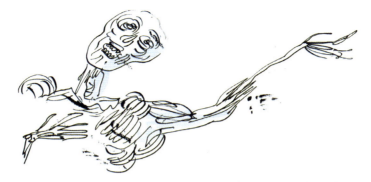

A carne ressurge. Os ossos se cobrem de nervos e de pele.

Ezequiel é então levado para ver o Templo reconstruído e toda a cidade, com doze portas totalmente novas. Uma cidade ideal, de dimensões perfeitas.

A esperança nos dá asas. Deus prepara para nós uma nova terra, onde reinarão a justiça e a paz.

E toda a criação divina estará livre do medo.

29.
JONAS

ou

a melancolia de um profeta menor

A partir do Livro de Jonas

Sobre o que acontece quando só se pensa na própria infelicidade.
E em que Jonas, pensando escapar de seu destino,
acaba por cumpri-lo à sua revelia
e faz a ira de Deus recair sobre seus piores inimigos.

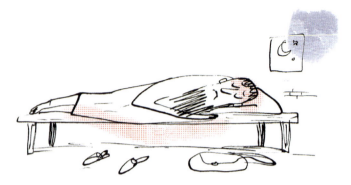

Jonas dormia. Estava triste.

A voz lhe diz: levante-se. Vá para Nínive, a cidade perversa. E fale com o inimigo.

Jonas se levanta.

A leste, Nínive, a capital do inimigo de Israel. A oeste: Társis, a longínqua.

Jonas decide: rumo ao oeste. Não irá para Nínive. Não põe fé.
Por que eu?, ele se pergunta. E para dizer o quê a quem nos odeia tanto?

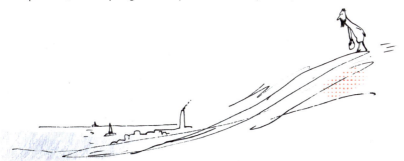

Jonas não quer afrontar Deus nem encarar a si mesmo.
Então, desce rumo ao mar, para fugir.

No porto, busca por alguma embarcação zarpando para Társis.
Paga pela travessia e embarca.

Forma-se uma enorme tempestade.

Os marujos estão com medo. Clamam por seus deuses e lançam tudo ao mar para deixar o barco mais leve.

Jonas prefere dormir e desce para o porão.

O capitão o sacode: acorde, dorminhoco! Chame o seu Deus para que ele nos ajude.

Querendo saber quem é o responsável por tudo aquilo, os marujos tiram a sorte, que sobra para Jonas.

Toda a tripulação o interroga.

Jonas responde: sou hebreu. Meu Deus criou o mundo.

Mas Jonas está tão triste... Os marujos ficam inquietos. O que fazer com ele?

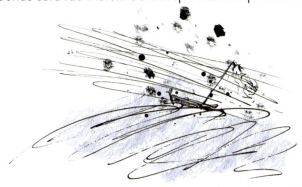

A tempestade vai se tornando mais e mais forte.

Jonas reconhece: a culpa é minha. Lancem-me ao mar.

Todas as mãos se erguem para o Deus de Jonas:
não nos deixe matar esse homem.

Silêncio.

Os marujos então o lançam ao mar.

Surge um peixe grande, terrível, que engole Jonas.

A tempestade se acalma.

Jonas jaz por três noites no ventre do animal, e se lamenta.

Alguma coisa dolorosa persiste nele.

O sentimento de ter sido jogado no fundo do abismo,

de ter sido trancafiado na jaula do tempo.

Jonas compreende: terá de passar pela noite escura de seu infortúnio.

Na escuridão, ele chama por YHWH.

Minha vida desmorona, mas eu me lembro do Senhor, meu Deus.

Jonas quer escapar ao abismo. Deixar para trás aquela noite.

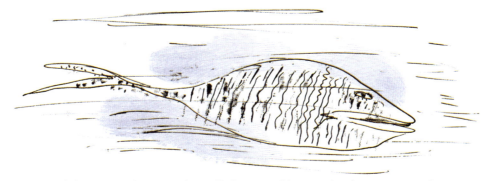

Mas como dizer o indizível? Como se libertar dos laços mortais?

YHWH ouve Jonas e o liberta.

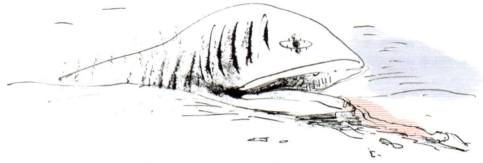

O grande peixe o vomita na margem.

Mais uma vez, a voz ordena a Jonas: levante-se. Vá avisar Nínive.

Ele caminha durante três dias.

E anuncia a Nínive que será destruída dentro de quarenta dias.

Para sua grande surpresa, os habitantes escutam com atenção.

A cidade inteira compreende e se põe a jejuar para pedir perdão.

Ajoelhado num montículo de cinzas, o rei de Nínive ordena que todos, homens, mulheres, crianças e animais se vistam com trapos.

A ameaça se afasta. YHWH recua de sua decisão.

Jonas fica furioso. Anunciar a destruição dos maus lhe parecia justo.
Como aceitar a possibilidade de perdão para os inimigos?

Mais vale morrer.

Ele se afasta.

Certa noite, Deus faz crescer um pequeno arbusto
para lhe dar um pouco de sombra.

Jonas fica feliz: finalmente só, à sombra e tranquilo.
Sem ter de se preocupar com o destino dos outros.

Mas na árvore existe um verme, e ela acaba por apodrecer.

O sol bate forte sobre a cabeça de Jonas.

Ele se prosterna.

Quer morrer. E mais uma vez se queixa. Por que destruir a minha árvore?

Deus responde: suas lamúrias impedem que você veja além de si mesmo.
O que vale uma pequena árvore efêmera em comparação

com toda uma cidade que se arrepende, em comparação com milhares de pessoas
que nem sempre sabem distinguir a esquerda da direita, o certo do errado?

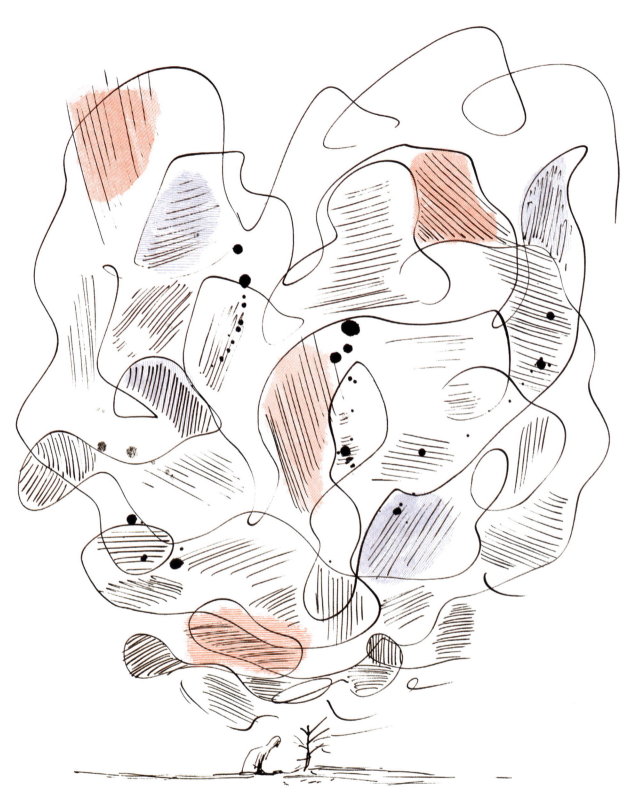

Por que se lamentar, você que continua imerso nessa noite em que o mal se opõe ao perdão?

30.
UM SALMO

ou

o canto de um sobrevivente

A partir do Livro dos Salmos

Sobre como a esperança renasce na voz
de uma pequena figura inquieta e perdida na escuridão,
que se lamenta e procura reencontrar
o gosto e a lembrança de um Deus salvador.

Quando tudo vai mal, o que nos resta?

Penso nos dias de antigamente, nos anos passados.
Quando havia reis em Jerusalém.

Alguma coisa mudou, mas o quê?

Sou um homenzinho deitado na escuridão. Abandonado para sempre.

Eu chamo.

O amor de Deus foi-se embora. Sua palavra se esgotou.

Recordo os prodígios do passado, de tudo que Deus fez por nossos pais.

À noite, lembro-me da música.
E canto como Davi, que outrora entoava poemas para o rei Saul, aquele gigante triste e infeliz.

Mas desde quando as sombras se erguem para cantar Deus?

Tenho mais inimigos do que fios de cabelo na cabeça.

Não durmo. Passo a noite em vigília, como uma coruja em cima de um telhado.

Por que permanecer tão distante nos piores momentos?

Por que você me abandonou?

Todos zombam de mim.

Eu sou a água que escoa e se perde.

Um esqueleto disperso.

Um pedacinho de argila.

Acossado pelos cães.

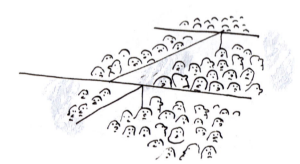

O homem não é nada! Gado à espera no abatedouro.

Sim, o que é o homem para que você se lembre dele?

Os seus inimigos tombam. Você afugenta os reis.

Eu, no escuro, faço desfilar os prodígios do Senhor, meu pastor.

O homem não compreende nada desse esplendor. Morre como um animal.

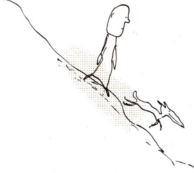

Você sabe tudo sobre mim. Meus pensamentos. Meu caminho.

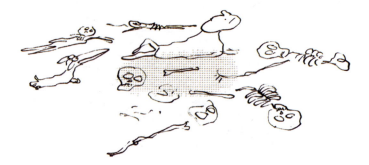

Se subo ao céu, você está lá. Se me estendo entre os mortos, você já está à espera.

Com você, as sombras não têm sombra. A noite é como o dia.

Você criou o céu com suas mãos. Você dispôs a lua e as estrelas.

Você me fez quase um deus. Você pôs tudo a meus pés.

Ovelhas, bois. Animais dos campos. Pássaros e peixes.

Você me costurou ao coração de minha mãe.

Sou maravilhoso. Espantoso mesmo.

Você conhece cada um dos meus ossos. Fui concebido em segredo.
Mas seus olhos já conseguiam ver meu embrião.

Você conhece meus inimigos. Você conhece meu coração.
Você zela por mim quando me inclino diante dos ídolos.

Acordo, e já estou com você. Trago em meu coração a cicatriz das suas respostas.

Das alturas, você estende a mão para me levar.
Você me tira dos abismos das águas. Você me livra de um inimigo terrível.

Ergo meus olhos para as montanhas.
Sou um pássaro que escapa às armadilhas do caçador.

E exclamo junto com toda a criação:

Aleluia!

Mais alto: YHWH!

31.

JÓ

ou

o escândalo da inocência

A partir do Livro de Jó

Em que, diante da terrível injustiça do sofrimento,
conta-se uma antiga lenda. E sobre os muitos
comentários a seu respeito e ainda sobre
o enigma de seu protagonista, que sobrevive,
apesar de tudo, ao pesadelo de sua existência.

Com a queda do reino da Judeia, nós nos tornamos estrangeiros em nossa terra.

As pessoas indagavam: de onde vem o mal, se Deus é bondoso em tudo que faz?

Éramos como Jó, coberto de chagas sobre o seu montículo de esterco.

Jó era um homem bom.

Rico e satisfeito com seus três filhos, sete filhas e inúmeros animais.
Era o homem de mais prestígio do Oriente.

Naquele tempo, andava à solta um estranho personagem,
que só fazia recriminar e pôr em dúvida: o Acusador.

Ele passou a circundar Jó e sua família.

E dirigiu-se à corte de YHWH.

Não, Jó não ama a Deus, de modo nenhum, acusou ele.

Ele tem tudo. É protegido. Para ele, tudo é fácil.

O Acusador, então, lança um desafio absurdo: pôr Jó à prova, tirar-lhe tudo a fim de ver se mesmo assim seu amor resiste.

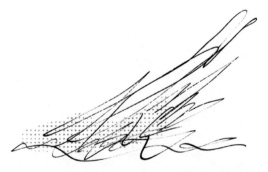

Jó perde tudo.

Um fogo vindo do céu devora homens, bens e animais. Um vento do deserto atinge a casa onde seus filhos estavam comendo. Todos morrem.

Jó rasga suas vestes.

Saí nu do ventre de minha mãe, e nu retornarei. Deus dá, Deus toma de volta.

Pele contra pele, diz então o Acusador.

Jó está coberto de chagas da cabeça aos pés.

Ele se senta sobre as cinzas e o lixo.

Três amigos vêm se juntar a ele, para consolá-lo.
Durante sete dias e sete noites, Jó não diz uma palavra.

Depois, ele começa a se lamentar.

Em meio ao infortúnio, resta-lhe um tesouro: a palavra.
E ele quer saber por que está sofrendo tanto.

Meus dias se evaporam. Minha vida não vale mais nada.

Os amigos acabam por reprovar tanta lamúria. Você fala demais,
a torto e a direito. Todo esse sofrimento depõe contra você.

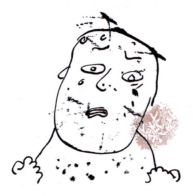

Jó responde: meus amigos de infortúnio, não, eu não me calarei.
Qual é o verdadeiro escândalo: o sofrimento ou a inocência?

Jó não reconhece mais o Deus que ele pensava conhecer.
Ele exige que esse Deus terrível lhe dê uma explicação.

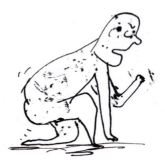

Por que tantas luas em vigília e tantas noites atrozes?
Por que esse Deus que é espião e vigia dos homens?

Desafiador, Jó reitera e refina a acusação. E espera pela resposta de Deus.

Ele acredita que o seu libertador chegará.

Até que finalmente declara: é minha palavra derradeira. Cheguei ao limite das palavras.

Agora, é o homem contra Deus. A dor contra a Criação.

Do coração da tempestade, Deus se dirige duas vezes a Jó.

Na primeira vez, Deus lhe pergunta: onde você estava
enquanto eu criava a terra? O que você sabe do mundo?

Cobri a terra com um lençol de nuvens, bordado de noite e de estrelas.
Você saberia apagá-lo? E saberia dar fim aos homens ruins que se agarram à teia dos dias?

O que faria do rinoceronte indomável?

Ou do avestruz, mais ligeiro que um cavalo?

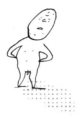

O escândalo da Criação não é o sofrimento, é a liberdade.

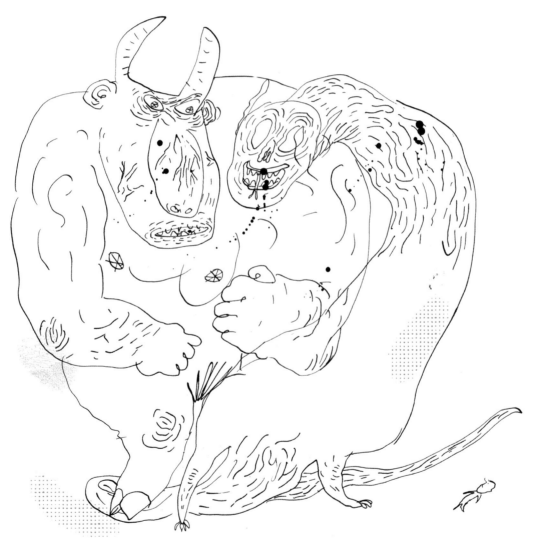

Na segunda vez, Deus convoca dois monstros, Beemot e Leviatã.
Pois o gênero humano não esgota a criação. E o homem, minúsculo,
tem de ir ao encontro de tudo que não é humano.

Eu não o conhecia de verdade, responde Jó.
Nem esses prodígios que você criou.

Ser inocente é aceitar o enigma da Criação.

Deus então ergue o rosto de Jó. Você falou de mim com sabedoria, ao contrário dos seus amigos.

Deus faz girar a roda, e devolve tudo a ele, em dobro.

Ao fim da noite, o mundo havia mudado.
Jó recebeu tudo de volta. Mas agora é tudo diferente.

32.

ESTER

ou

a inversão do destino

A partir do Livro de Ester

Sobre a vida no exílio e sobre como uma jovem
muito bonita salva o seu povo da morte,
ocultando suas próprias origens e se casando
com um rei pagão. E sobre os massacres
e a festa que se originam assim.

Era um tempo de dispersão em terra estrangeira. Deus fazia silêncio.

Os judeus vivem escondidos em Susa, a capital do império persa.

De Jerusalém, só restará ali a beleza de uma jovem órfã adotada por seu tio Mardoqueu.

Beleza que ela esconde, assim como dissimula seu nome hebraico, Hadassa.

Por ser tão bela quanto a estrela Vésper
e por se esconder como ela, chamam-na de Ester.

Seu destino se inverte quando sua beleza é descoberta por Assuero,
o rei dos persas, que já não tem olhos para a sublime rainha Vasti.

A rainha Vasti deve comparecer às grandes festas imperiais. Mas ela teima
em não aparecer durante os cento e oitenta dias que duram as festividades.

Furioso, o rei a repudia, para que ela não possa dar ideias às outras mulheres.

O rei manda buscar uma nova rainha em todo o império.

Inúmeras jovens são convidadas ao harém real.
Durante um ano inteiro, todas se apresentam ao rei.

Quando chega a vez de Ester, o rei já não quer ver nenhuma outra.

Ester se torna rainha. Não conta nada sobre as suas origens e, em segredo, continua fiel a seu pai adotivo e ao seu povo.

Sempre sentado à porta do palácio, Mardoqueu observa tudo. Dois oficiais planejam um complô para assassinar o rei.

Mardoqueu os denuncia para Ester, que alerta o rei.

Os dois são levados à forca.

Então Assuero escolhe Amã para ser o vizir e governar o reino.

Amã é descendente do temível rei de Amalec,
do execrável povo que prometera exterminar os hebreus!

Quando todos são convidados para prestar homenagens, Mardoqueu não se curva diante de Amã.

Um judeu só se prosterna diante de Deus.

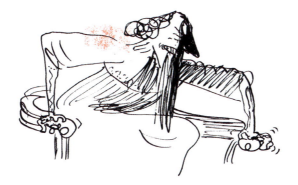

Amã decide, então, quebrar a resistência desse povo pequeno e estranho.

Ordena que aniquilem e exterminem todos os judeus do reino. E que todos os seus bens sejam confiscados.

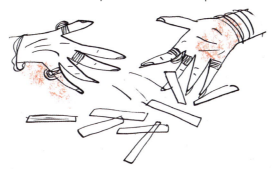

Na Mesopotâmia, é a época de Purim, a festa do acaso. Tiram a sorte para escolher o melhor mês para agir. Será Adar, o décimo-segundo.

O pânico se espalha por todo o reino. Todos os judeus lamentam. Uns fogem, outros se escondem.

Mardoqueu suplica a Ester para que intervenha junto ao rei.

O rei se lembra do complô revelado por Mardoqueu,
e quer retribuir de alguma maneira.

Astuciosa, Ester convida Amã para um grande banquete com o rei. E ali revela:
Mardoqueu e Ester são judeus. E Amã quer acabar com eles.

Por amor a Ester, o rei decide anular o decreto de extermínio.

E Amã é enforcado, com o rosto encoberto.

O povo judeu é tomado por uma imensa luz. A história se inverte.

Ester pede ao rei que autorize os judeus a se defenderem contra os inimigos.

Quinhentos homens são executados em Susa, assim como os dez filhos de Amã.

No dia seguinte, mais três mil homens.

E, em todo o reino, sete mil e quinhentos.

Depois, vem a paz. Para acabar com o medo, o segredo e a morte, organizam um grande carnaval.

Todos oferecem uma refeição aos vizinhos e aos mais pobres.
Desde então, todos comem as deliciosas "orelhas de Amã".

E, a cada nova festa de Purim, todos recordam que Deus está presente no acaso.

33.
TOBIT

ou

a esperança é um romance

A partir do Livro de Tobias

Em que o encontro entre um jovem, um anjo e um cãozinho define
o destino do velho Tobit e de muitos outros exilados.
E que a única dívida real que temos a receber é a da esperança.

Esta história foi contada por um ancião, pouco antes de sua morte,
e mostra como a aventura derrota a infelicidade.

Um sol negro se ergueu sobre Jerusalém. Eu, Tobit,
fui deportado para Nínive, na Mesopotâmia.

Fui embora apagando todos os rastros. Com minha mulher,
Ana, e meu filhinho, Tobias.

Tive de viver entre mortos.

O rei Senaquerib matava os filhos de Israel, e todo dia eu saía em busca dos corpos sem vida de meus irmãos para enterrá-los.

Estava tão entregue a minha infelicidade que não enxergava nada além do meu fúnebre dever.

Passava as noites cavando sepulturas.
Meus vizinhos riam de mim.

Certa noite, exausto, senti que me caía nos olhos o excremento de um pardal.

A queimadura é incurável. Fiquei cego, tão cego como
as almas mortas dos meus, que me atormentavam o coração.

Eu me perguntava: como ainda ser feliz?
Mais vale morrer que viver sendo insultado.

Nesse mesmo instante, entre os medas de Ecbátana, lamentava-se Sara,
filha de Raguel, também ela alvo de insultos e zombarias.

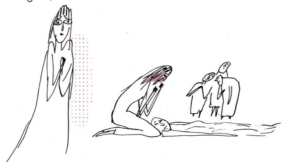

Sete vezes casada e sete vezes viúva em plena noite de núpcias!
Era uma maldição do demônio Asmodeu.

Quem poderia curá-la do desespero?

Um jovem, um cãozinho e um anjo.

Lembrei-me de um dinheiro confiado a um parente em Ecbátana. Tobias faria a viagem para ir buscá-lo.

Para acompanhá-lo, surge um desconhecido: Azarias.
Nós não sabíamos, mas era o anjo Rafael, aquele que cura.

Lá se vão eles: o anjo, o cãozinho e o menino.

Primeira parada: as margens do rio Tigre.

Tobias quer lavar os pés.
Um peixe enorme salta da água e tenta morder seu pé.

Azarias ordena: vá atrás dele, não tenha medo!

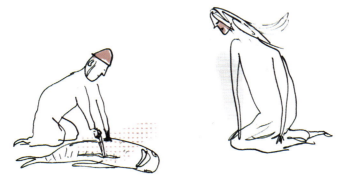

Tire o fel, o coração e o fígado do peixe. Serão úteis mais tarde.

Põem o restante no fogo e comem alegremente.

Segunda parada: Ecbátana. Casa de Raguel e de sua filha Sara.

Feitas as apresentações, contam o sofrimento de Sara.
Como amar, se por sete vezes a morte foi mais forte que o amor?

E se Tobias esposasse Sara? Raguel aceita, temeroso.

Festejam-se as núpcias. No pátio, o cãozinho se diverte.
O anjo se mantém afastado, imenso e pacífico.

Tobias e Sara vão se deitar.

Azarias manda queimar o coração e o fígado do peixe.
A fumaça afugenta o demônio Asmodeu.

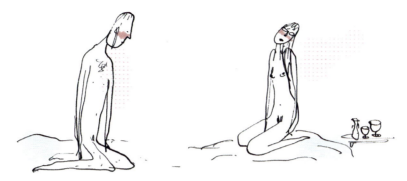

Oração dos dois amantes.
Tobias: eu não quero abusar dela, quero apenas amá-la.
Sara: você me deu a ele como Eva a *adam*, para curar sua solidão.

Por precaução, Raguel cava uma cova para Tobias.

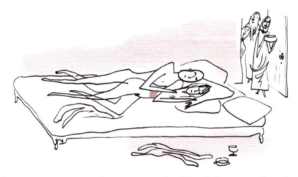

Ao amanhecer, a serva entra no quarto. Os dois amantes dormem tranquilos.

Tobias está vivo!

Terceira parada: recuperar o dinheiro. E voltar para Nínive.

Ana vê todos chegando de volta e se joga nos braços do nosso filho.

Tobias pega o fel do peixe e esfrega em meus olhos.

E eu, Tobit, recobrei a visão e a alegria.

Quando quis dar uma recompensa para Azarias, ele revelou ser Rafael,
o anjo que Deus nos enviara.

Os reis guardam segredos, mas Deus os revela: fazer o bem é curar do mal.

Uma oração feliz: Jerusalém será reconstruída. A paz voltará a reinar.

E eu, Tobit, lhes digo que a esperança é como um romance.
E que uma história maravilhosa pode curar o mundo.

34.
RETORNO DO EXÍLIO

ou

Jerusalém, cidade nova

A partir do Livro de Esdras e do Livro de Neemias

Sobre a volta a Jerusalém depois do exílio.
Em que as pessoas não se contentam com reconstruir muros e paredes,
mas também querem recordar as histórias que lhes permitiram viver e esperar.

Por muito tempo fomos banidos, vivendo em casas tristes que não eram nossas.

Tremíamos de medo à margem dos rios da Babilônia.

Por fim, o rei Ciro nos devolveu a liberdade. Pudemos voltar da grande dispersão. Mas, de volta à Judeia, tudo estava por refazer.

Como voltar a viver juntos, entre repatriados, famílias que tinham conseguido ficar e os outros povos daquelas terras?

Os primeiros voltaram da Babilônia com Zorobabel. Primeira tarefa: reconstruir, com o grande sacerdote Josué, um altar para os sacrifícios e as festas.

Depois, reunir o que era preciso para reerguer o Templo.

Todos os ofícios são convocados. Madeiras, pedras e ornamentos são trazidos do mundo inteiro.

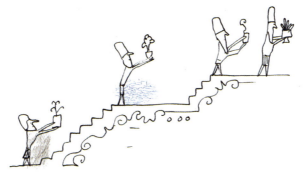

Jovens sacerdotes participam dos trabalhos.

Organizam uma grande festa, com mais de duzentos cantores e cantoras, mais de quatrocentos camelos e mais de seis mil jumentos.

Mais tarde, é Neemias quem chega. Fazia vinte anos
que vivia no exílio em Susa, capital do império persa.

Certa noite, chegam a Susa viajantes de Jerusalém.
Neemias não para de perguntar: que notícias têm? E a cidade santa, perdida e bem-amada?

A muralha de Jerusalém está toda esburacada, as portas devoradas pelo fogo!

Neemias se senta o chão, a sós, e chora.

Então ele se dirige a Deus, para que ele se lembre das palavras ditas a Moisés: mesmo que sejam banidos para os confins da terra, eu os encontrarei e os unirei novamente. Eu os trarei de volta à minha casa.

Neemias diz ao rei persa: a cidade onde nossos pais foram enterrados está devastada. Deixe-me partir rumo a Jerusalém para reconstruí-la.

O rei aceita o pedido. Neemias pode então partir, levando árvores para fazer as vigas e acompanhado de soldados.

Em Jerusalém, a obra imensa tem início, as portas e a muralha são reerguidas.

Cada família, cada ofício recompõe as paredes, preenche as frestas.

Uns reconstroem a Porta das Ovelhas.

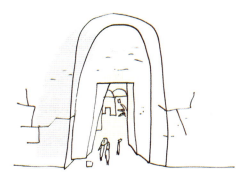

Outros, a Porta dos Peixes.

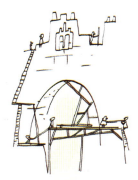

Outros, ainda, a Porta Velha.

A Torre dos Fornos.

A Porta do Vale.

A Porta das Imundícies.

A Porta da Fonte.

Erguem um muro imenso.
Mas os outros povos da cidade se rebelam e tentam se opor a ele.

Diante disso, metade dos homens continua a trabalhar na obra, de espada na cintura;
e a outra metade monta guarda, armada com paus e lanças.

A muralha é finalmente reconstruída. O povo inteiro se reúne.

Lembram-se de um outro muro protetor, um muro invisível: as histórias que contamos nos tempos de aflição. As histórias dos nossos pais, a Lei de Moisés.

Esdras, o escriba, traz o livro. Sobe em um estrado e, diante de toda a multidão em pé,

ele lê o livro da Lei de Moisés, da madrugada ao meio do dia. Todos estão atentos. Todos se sentem protegidos.

Sempre que alguém ler esse livro, Deus estará presente entre nós.

Nesse livro estão todas as histórias que nos reúnem. Elas contam o mistério do povo, seu drama em meio à história do mundo, e o caminho da esperança. A história de uma aliança fora do comum. Mas será este o fim das tribulações?

35.

DANIEL

ou

não há final sem um amanhã

A partir do Livro de Daniel

Em que se anuncia o fim dos tempos, dos ídolos e dos erros.
Que esse tempo final é um tempo destinado ao perdão.
E em que intuímos que talvez, por fim, não tornaremos ao pó.

Em meio ao silêncio do presente, é preciso sempre contar os horrores do passado.
A história não termina nunca. O exílio terminou, mas ainda é meia-noite.

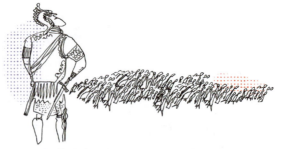

Houve Nabucodonosor, rei da Babilônia. Mais tarde, Alexandre, rei da Macedônia;
Dario, rei da Pérsia; Antíoco, rei da Síria: para todos eles,
todos os povos deviam formar um único povo.

Há sempre um tirano para derrubar e pisotear as estrelas do céu.

Ainda temos de nos curvar diante da mesma terrível estátua de ouro.
O ídolo do poder e da submissão.

Não há esperança. Apenas almas partidas.

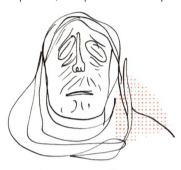

Tempos que se chocam, revoltas que se sucedem.
Que medo é esse que persiste dentro de nós?

Tornamo-nos a menor de todas as nações, por causa de nossos erros.
Para voltar a ter esperança, é preciso entender o mal.

Do fundo de nossas memórias feridas, surge um jovem lendário.
É Daniel. Ele é fiel. Ele lê as Escrituras. Ele as compreende.

Ele tem visões atrozes.

O anjo Gabriel lhe explica: este é um tempo entre a morte e o nascimento.

Um lugar solitário em que os sonhos se cruzam e as histórias voltam a nos assombrar.

A violência nunca é o fim da violência.

Todos os tiranos querem conhecer o mistério dos tempos e o significado dos sonhos.

Mas os magos e os feiticeiros nunca tiveram a resposta.

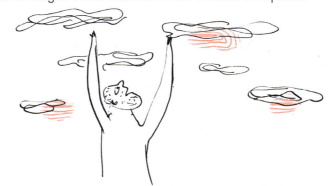

Somente um Deus celeste revela os mistérios do fim.

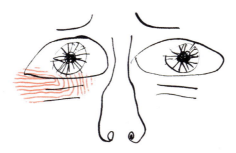

Em uma visão, Daniel vê se sucederem quatro reinos de horror.

O quarto reino é um monstro de aço que esfacela e destrói tudo por onde passa.

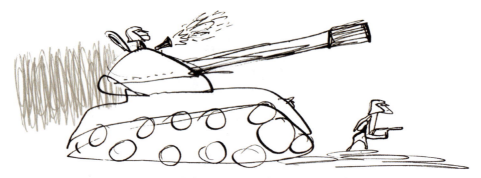

Em sua cabeça, um pequeno chifre com uma boca que profere obscenidades.

Esse monstro é a nossa história. A barbárie e a opressão.

O exílio e os campos. Os muros do ódio.

Daniel diz ao tirano: seu reino se desfaz e se vai,

seu reino é bestial. Feito um boi, você se alimentará de ervas,

seus cabelos serão plumas de águia,

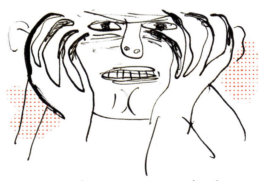

e suas unhas, meras garras de pássaro.

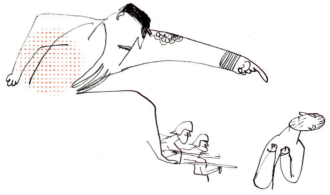

Curve-se diante do poder, responde o rei.

Não, só me prosterno diante do Senhor, que é um Deus vivo!

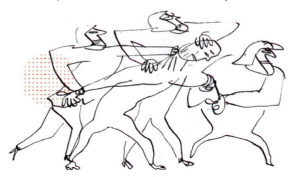

As almas revoltadas que se recusam a fazê-lo serão jogadas na fornalha.

As outras caminham pasmas para dentro do fogo, cantando e louvando Deus.
Um anjo sopra um vento de orvalho que faz as chamas recuarem,

como aconteceu quando, certa noite, o lançaram na cova dos leões,

e Daniel saiu vivo na manhã seguinte!
Quem crê no Deus vivo é capaz de desarmar as feras.

O anjo diz a Daniel: o povo e a cidade santa terão setenta semanas
para que cesse a violência e se faça a justiça.

É o tempo concedido para pôr fim ao mal e à opressão.
Não há desfecho possível que não seja o perdão.

Guarde o livro consigo até o fim. Muitos virão a lê-lo.
O tempo do livro é o tempo necessário à sua compreensão.

E aquele que está por vir não será rei, chefe ou profeta, mas um Filho de Homem.
E ele terá de passar por provações até que todos compreendam.

A esperança renascerá. Muitos dos que estão adormecidos
no reino do pó voltarão a despertar.

Mas não dizem que os homens não são mais que pó?
A esperança e o perdão poderão trazer os homens de volta do pó.

Epílogo
Sou feito de pó.

Escrever não tem fim.
Há histórias demais, há livros demais.
Fui rei de Jerusalém.
Ergui palácios, jardins e parques.

Mas nada permanece sob o Sol.
Tudo é vão e tudo
é uma vã caçada ao vento.

Conheci a prata, o ouro e o poder.
Mas esses deuses nunca me falaram.

Esses deuses se disfarçam
como humanos, mas não conhecem
o sofrimento, a esperança, a pele
que estremece ou o coração aflito
como vigas carcomidas.

Os vermes devoram suas vestes
humanas, mas esses deuses
nada sentem.

A fumaça escurece seus rostos,
mas eles nada sentem.
Na noite dos templos, só lhe fazem
companhia os morcegos,
as andorinhas e os gatos erradios.

São mercadorias.
Sem sopro de vida.

Não podem me salvar da morte
nem defender o mais fraco
nem devolver a visão ao cego
nem socorrer a viúva e o órfão
nem acolher o estrangeiro
nem promover a justiça
nem amar o próximo.

São espantalhos nos campos,
são arbustos espinhosos no deserto.

Mais vale viver sem ídolos,
ser um homem nu em meio ao pó.

E mais vale acreditar no Deus vivo
e invisível que do pó fez o homem,
e libertou do pó o homem vivo.

Leituras

CAP. I
A Criação

A "primeira página" não foi o primeiro texto a ser escrito — e sim aquele escolhido para abrir a Torá, os cinco primeiros livros da Bíblia hebraica. O estabelecimento da forma definitiva desses textos não aconteceu, aliás, antes do período persa (538-333 a.C.). Como narrar o começo de tudo se, por definição, ninguém estava lá quando o mundo teve início? A Bíblia responde a esse dilema de modo bastante original: o mundo foi criado pela palavra. Dez palavras criadoras dão nome aos elementos. Pois "os limites da minha linguagem são os limites do meu mundo" — e da criação do mesmo —, para retomar uma expressão do filósofo Ludwig Wittgenstein. Falar é criar nosso mundo, convertê-lo neste mundo conhecido e próximo que eu consigo nomear. Albert Camus dirá que "nomear mal um objeto é aumentar a infelicidade deste mundo". Aqui, nomear corretamente as coisas é incrementar a felicidade do mundo! E isso segundo um calendário de sete dias, sendo o primeiro dia o dia um e único (*ehad* em hebraico, como na expressão *YHWH ehad*, Deus único) e o sétimo dia o *shabat*, tempo de repouso, de interrupção. A Criação do mundo é narrada duas vezes no Gênesis. Na primeira vez, a humanidade, *adam* em hebraico, exerce sua soberania sobre a Criação por meio da brandura (a dieta alimentar do ser vivo é vegetariana, sem violência nem sangue derramado). O *adam* é um coletivo, a um só tempo macho e fêmea, designado como pessoa por meio de um artigo (*adam* é um jogo de palavras com *adamah*, o pó, a terra). O Midrash Rabba, escrito no século V da nossa era, é preciso a respeito: Deus criou o primeiro homem como andrógino! Mas, criado à imagem de Deus, ele compartilha a responsabilidade pela Criação. O começo do mundo é contado pela segunda vez (capítulos 2 e 3) a fim de evocar a solidão da humanidade diante da Criação. A humanidade (*ha adam*) só se torna realmente o que ela é com o surgimento da fêmea (*ishah*), que torna possível, então, o do macho, do homem (*ish*). Se o animal é a primeira companhia imaginada por Deus para o ser humano, é a mulher que aparece como a única capaz de socorrer o humano e de responder à sua solidão. A palavra hebraica *ezer*, traduzida geralmente como "auxílio", designa nos Salmos aquele que vem nos socorrer — Deus ou o seu enviado. O rabino Rachi, no século XI, acrescenta, ameaçador: "Se o *adam* merecer, o *ezer* será um auxílio, se ele não merecer, será seu adversário".

CAP. 2
O jardim

Esse jardim imaginário é o paraíso terrestre, *eden* em hebraico, que vem de um verbo que significa "viver em abundância", "divertir-se". E do assírio *edinu* ou do sumério *edin*: uma planície, uma estepe. Essa representação deve muito aos modelos elaborados em antigos centros de estudos eruditos como Mênfis, Nínive ou Babilônia (terra de exílio de escribas judeus e da elite intelectual e sacerdotal depois da tomada de Jerusalém por Nabucodonosor em 597 a.C.). Essa história adquire então tonalidades de conto moral, de fábula sobre a existência e a condição humanas. A divindade é designada inicialmente pela palavra *elohim*, um plural que significa "deuses", "divindades". Nas línguas semitas, *el*, "deus", é a principal divindade dos panteões da Síria-Palestina. Nesses primeiros textos também aparece a expressão composta *YHWH elohim*: "YHWH divindades", com as quatro consoantes, ou tetragrama, compondo o nome próprio do Deus de Israel. A partir do século III a.C., os judeus não pronunciam mais o tetragrama, substituindo-o por expressões como *há shem* (o Nome) ou *adonai* (Senhor). A pronúncia original do tetragrama é ainda difícil de determinar. A exegese moderna a reconstitui com uso de vogais, "Iahweh". O Talmude chama a atenção para a interdição de se enunciar seu nome, conforme determina o terceiro mandamento transmitido a Moisés: "Não pronunciarás em falso o nome de YHWH teu Deus" (Êxodo 20, 7).

CAP. 3
Caim e Abel

Caim e Abel são os primeiros filhos de Adão e Eva. O episódio se dá depois da saída do Éden. Este texto traz uma mensagem bastante perturbadora: a primeira morte, a primeira expressão do mal, é um fratricídio. O mais velho, o mais forte, mata o menor, o mais "leve". Costuma-se aproximar o nome Abel à palavra hebraica *hevel*, "coisa vã", "vapor", "névoa". Em outras palavras, certa fraqueza reprensível, um retraimento, um desvanecimento. Esse assassinato é a expressão do ciúme, mas também da impossibilidade de vislumbrar o lugar do outro, o seu reconhecimento. O próprio Abel, como vários comentadores observaram, nunca se dirige ao irmão, ao passo que Caim tenta lhe dirigir a palavra. As tradições judaica e cristã procuraram entender por que Deus ignorou a oferenda de Caim. "Ao rejeitar sua oferenda", explicou Santo Agostinho em *A cidade de Deus*, "Deus lhe mostrou que era justo que se sentisse mal consigo mesmo, em vez de injustamente se entristecer com seu irmão". A violência que se produz é um enigma. O agressor é, ele próprio, vítima de sua pulsão e de sua ira. A violência é comparada no texto a um animal que espreita o homem para fazer dele sua presa. A palavra hebraica *rovets* evoca o animal retraído, prestes a dar o bote. Após o assassinato, as vozes do sangue do irmão gritam de dentro da terra. O Midrash afirma que, como ninguém tinha sido enterrado antes, a terra ficou escandalizada com o sangue derramado que se espalha sobre ela. Mas Deus, por meio de um sinal, protege o culpado e, na prática, torna impossível a vingança. Caim conhece então a fraqueza e o exílio. Ao imaginar Abel regressando da morte e reencontrando seu irmão, o grande escritor sul-americano Jorge Luis Borges porá estas palavras em sua boca: "Tu me mataste ou eu te matei? Já não me lembro" (*Elogio da sombra*).

CAP. 4
Noé

Depois de Caim, a humanidade se multiplicou. E com ela, a violência. Para o texto bíblico, o mal é imenso, "a maldade do homem era grande sobre a terra". A humanidade se torna o terror de toda a Criação. Começa então uma história contraditória, dominada pelas paixões e pela misericórdia, pelo arrependimento do Criador. No começo do capítulo, o texto evoca seres fabulosos e mitológicos que representam a confusão e a desordem do mundo criado: "filhos dos deuses" dormem com jovens humanas, e os *nefilim*, espécie de ogros e gigantes, andam à solta. Mas, o que Noé tem a mais que os outros? Os sábios do Talmude, ou seja, da tradição dos comentários rabínicos à lei judaica, multiplicarão as explicações, insistindo na sabedoria prática de Noé, construtor e cultivador. Ele é mesmo considerado o primeiro viticultor da humanidade. E de fato é ele, sob as ordens de Deus, que cuidará de uma estranha construção. Uma caixa? Uma mesma palavra hebraica, *tevah*, designa a embarcação de Noé e, no Livro do Êxodo, o "berço" de Moisés. Essa palavra designa um baú, uma caixa, até mesmo um caixão (como o sinônimo *aron*, que designa a arca, o baú da Aliança). A palavra latina *arca* (de *arceo*: que contém, que abriga) origina a *arche* do francês e a *arca* do português. Desde sempre a arca de Noé é representada sob a forma de uma caixa ou um baú. A exegese cristã medieval destaca que não se poderia falar em barco pela simples razão de que, à época, a navegação não existia, muito menos a engenharia naval! Hoje em dia, os historiadores supõem que se trata da descrição de um santuário em três patamares, como os que existiam na Mesopotâmia. A palavra "caixa" sugere que se trata de algo modesto face às proporções da catástrofe, um pequeno abrigo de madeira em oposição à violência desenfreada. O que é confirmado por uma bela evocação do episódio em Sabedoria de Salomão (10, 4): "É mais uma vez ela [a Sabedoria], quando a terra, por causa do homem, foi submersa, que a salva. Pilotando o Justo [Noé] graças a uma madeira sem nenhum valor". A humanidade "salva" poderá, então, matar e comer carne. O rito do sangue encontra aqui a sua explicação ética: todo sangue derramado é devido a Deus, a fim de recordar esse perdão e esse novo começo. A humanidade terá de aprender a conviver com a sua própria violência e com a consciência de sua fragilidade.

CAP. 5
Babel

Os diversos povos, descendentes de Noé, se espalharam por toda a terra. Mas alguns se opõem à dispersão. É a ilusão de uma unidade regressiva e o medo da diferença. O tema de uma torre imensa que abrigaria todos os povos era conhecido na Mesopotâmia. Essa "torre de Babel" evoca, aliás, os zigurates, edificações com vários patamares como nos templos babilônicos. Uma descrição delas pode ser encontrada em Heródoto, em suas *Histórias* (I 178-186): "No centro ergue-se uma torre maciça, comprida e com a largura de um estádio [N. T.: um *estádio* é uma medida de distância grega equivalente a 206,25 metros], à qual se sobrepõe uma outra torre que, por sua vez, sustenta uma terceira, e assim em diante, chegando a até oito torres. Uma rampa externa sobe em espiral até a última torre". Essa enormidade é associada, aqui, à fantasia de uma língua única. "Todo o mundo se servia de uma mesma língua e das mesmas palavras" (Gênesis 11, 1). A ideia, assim, não é apenas de uma mesma linguagem, mas também de falar por uma mesma boca, ter uma mesma voz. Esse texto é precursor no que diz respeito à denúncia dos delírios totalitários do nosso mundo e da ilusão de uma comunicação transparente. "O mito de Babel é o mito da destruição da linguagem como instrumento de comunicação", afirma o filósofo Paul Ricoeur. Para o Midrash, a construção da torre expressa um desprezo pela vida humana, pois nessa empreitada coletiva a morte de um operário acabava contando menos que a perda de um tijolo! Outros acrescentarão que a meta dos construtores era se comparar a Deus. O texto joga com uma etimologia um tanto fantasiosa da palavra *babel* relacionada com o verbo *balal*, que significa "misturar", "confundir", "mesclar"... Deus prefere a mistura e a diversidade!

CAP. 6
Abraão

Esta história é uma sequência daquela sobre as origens da humanidade e dos povos (Gênesis I, 11). A partir de agora, o interesse se concentra em um pequeno grupo de personagens oriundos dessa humanidade que se espalha pela terra. Em algum lugar do sul da Mesopotâmia, surge Abraão. Um escriba teria decidido abrir o ciclo das histórias de Abraão com o relato de uma migração que vai da Mesopotâmia (Ur) para a terra de Canaã (que corresponde, mais ou menos, ao atual território que reúne a Palestina, o Estado de Israel, o oeste da Jordânia, o sul do Líbano e o oeste da Síria), passando pelo Egito. Abraão é um *ger*, um imigrado. Essa palavra aparece com bastante frequência. Ela designa um habitante temporário, um recém-chegado que não possui os mesmos direitos que os residentes (do verbo *gur*, "passar um tempo em um lugar, ser estrangeiro, procurar por hospitalidade"). Uma pessoa deixa sua terra, sua família, seus laços, para responder abruptamente a um chamado: "Sai da tua terra, da tua parentela e da casa de teu pai, para a terra que te mostrarei" (Gênesis 12, 1). Se a epopeia de Ulisses é a da nostalgia e a de um retorno impossível ao que existiu antes, a aventura de Abraão é a epopeia de uma partida e da promessa de um outro lugar e de uma evolução (miríades de gerações). Tradicionalmente, louvam-se a obediência e a fé de Abraão. A modernidade levantou dúvidas sobre essa obediência, que pode parecer absurda. O filósofo dinamarquês Sören Kierkegaard e o escritor Kafka compartilharam a mesma intuição sobre o patriarca. "Abraão acreditou e nada questionou, ele acreditou no absurdo", escreveu Kierkegaard em *Temor e tremor*, mostrando como aquele "cavaleiro da fé" aceita o desafio de "crer porque é absurdo". Em seus *Diários*, Kafka destoa, em uma parábola, dessa visão excessivamente sublime, insistindo no lado ridículo do personagem. Ele evoca Kierkegaard, mas enfatiza a "pobreza espiritual" do patriarca cuja saga inesquecível é de uma idiotice misteriosa: "Eu poderia imaginar um outro Abraão, sempre pronto a reagir com a solicitude de um garçom de café...". Em tom paródico, chega até mesmo a fazer dele um Dom Quixote bíblico, que provoca risadas, visão que pode fazer lembrar os "loucos de Cristo", aqueles personagens errantes da tradição cristã, ao mesmo tempo santos e loucos, cuja própria existência é repleta de contradições. Cabe destacar, por fim, que essa primeira promessa de uma terra vem acompanhada da constatação de que já havia outros povos nessa mesma terra (Gênesis 12, 6).

CAP. 7
Abraão e Sara

Este episódio reúne dois acontecimentos muito conhecidos: as risadas incrédulas de Abraão e de Sara diante do anúncio da chegada de um filho e aquilo que se convencionou chamar de "hospitalidade de Abraão", quando ele recebe três estrangeiros misteriosos em sua tenda. Dupla recepção, dupla hospitalidade: a do filho iminente, que não mais se acreditava que pudesse vir, e a do estrangeiro. A promessa que vincula Deus ao seu povo fica suspensa quando se produz o riso. Essa questão apaixonará todos os grandes comentadores judeus e cristãos. Com a raiz do verbo *tze'hok* exprimindo mais zombaria que contentamento, os comentadores procurarão encontrar motivos plausíveis para esse riso: incredulidade, surpresa, alegria, mesmo revolta... As duas risadas, a de Abraão e a de Sara, são os dois passaportes inesperados para que se instalem na Terra Prometida. O riso surge tendo como pano de fundo a desilusão, o escárnio expressado por Abraão no capítulo anterior: "Meu senhor YHWH, que me darás? Continuo sem filho [...]. Eis que não me deste descendência e um dos servos de minha casa será meu herdeiro" (Gênesis 15 2-3). O riso indica a existência de um conflito, um limite "que faz o absurdo entrar em jogo", como disse Paul Beauchamp, estudioso da Bíblia. Por meio de um jogo de palavras, o verbo hebraico dará origem ao próprio nome desse filho: Isaac/Yitz'hak (literalmente: "ele rirá"). Sara ri por lhe darem "subitamente" algo que nunca fora possível nem tinha sido dado antes. Ela ri de uma impossibilidade que, de repente, adquire todo sentido.

CAP. 8
Sodoma

Este violento episódio é também aquele que traz a mais bela e mais contundente oração da Bíblia: a de Abraão suplicando a Deus, negociando com ele, para salvar a cidade, nem que seja para poupar dez inocentes que talvez morrem ali. André Neher e Emmanuel Levinas, dois grandes leitores judeus modernos, classificam Abraão, nesse episódio, como "uma inquietação de Deus". Em dois sentidos: preocupação de Deus, resistência a Deus. De certa forma, Abraão se tornou um "quebra-cabeça" para Deus. Para o filósofo Martin Buber, trata-se do discurso mais atrevido jamais dirigido a Deus, mais forte, até, que o de Jó. Abraão se posta como advogado de uma causa perdida. Ele defende a exceção até o fim. Como destacou Bento XVI: "Não podemos tratar os inocentes como os culpados, pois isso seria injusto; mas é preciso tratar os culpados como os inocentes..." (Audiência Geral de 18 de maio de 2011). Por que dez? Trata-se do quórum mínimo necessário para se fazer a oração judaica em público. Quanto menor for o número, maior será a misericórdia divina, diziam os Pais da Igreja. No Midrash, formula-se a seguinte hipótese: Abraão teria tido de correr atrás de Deus e continuar a negociação. É o que André Neher retoma, da seguinte maneira: "Pobre Abraão! Você ainda não sabia que, se Deus havia partido, não era para caracterizar o fim do diálogo, mas para que você corresse atrás dele e o atormentasse mais uma vez, para que ele desse o salto decisivo" (*O exílio da palavra*). E se Sodoma tivesse sido finalmente destruída porque Abraão não tivera a força ou a obstinação de orar ainda mais, de suplicar ainda mais? Há, por fim, outra cena dramática de hospitalidade: Ló acolhendo em Sodoma os enviados de Deus que a população queria linchar. A destruição de Sodoma será uma resposta à recusa de acolher o outro, o desconhecido (a um só tempo o estrangeiro de passagem e a presença enigmática de Deus). Para o Talmude, foi em Sodoma que a humanidade violou pela primeira vez a lei da hospitalidade. O pecado maior é, aqui, o atentado ao direito dos estrangeiros.

CAP. 9
Abraão e Isaac

Este é o episódio mais sombrio e mais arcaico do ciclo de Abraão, sabendo-se que a tradição de realizar sacrifícios humanos (inclusive de crianças), certamente existiu em Judá e nas primeiras expressões da religião de YHWH. Abraão aparece aqui, mais uma vez, como o mais obediente dos fiéis, aquele que "se submete", segundo o Corão (III, 67), e está disposto a sacrificar o próprio filho se Deus lhe pedir! Uma prova terrível de fé, que causa desolação. O homem cresce ao se submeter ao desconhecido que o domina — ou esse desconhecido faz o homem crescer, levando-o a admitir o lado sombrio que existe dentro dele mesmo? Obediência exemplar, mas inverossímil, pois a ordem de sacrificar o próprio filho contradiz as várias promessas de descendência que caracterizam a aliança entre Deus e Abraão. Para alguns intérpretes, o pedido que Deus fez a Abraão para sacrificar seu filho não foi explícito. A expressão em hebraico é, aliás, ambígua. Como pensaria Kafka bem mais tarde, alguns comentários do Midrash dizem que Abraão pode ter entendido mal a ordem divina. O texto é, com certeza, um desafio à nossa compreensão das coisas, e ele provavelmente provém de uma tradição voltada a denunciar a prática dos sacrifícios humanos. Nesse ponto, a interpretação contemporânea trata do nosso próprio desejo de crime, de nossa propensão a entender mais o mal e a violência do que o apaziguamento. Qual entendimento temos nós da ordem dada por Deus? A quais vozes criminosas, a quais discursos de imolação obedecemos? Muitos comentários rabínicos afirmam que sobre a montanha o tempo fica suspenso, como fica suspensa, também, a promessa divina diante do impulso assassino do pai. Podemos dizer, com Santo Agostinho, que nesse relato Deus "revela Abraão, assim, a si mesmo" (*Sermões sobre o Velho Testamento* II, 5). Tanto em sua torpeza quanto em sua capacidade de ter esperança.

CAP. 10
Jacó e Esaú

Eis mais um episódio de violência no coração da fraternidade. Velha aflição provocada pela figura dos gêmeos, que costuma engendrar, como neste caso, um relato rocambolesco em que o burlesco, a farsa, o sagrado e o trágico se confundem. Jacó, o fraco, e Esaú, o forte, são filhos gêmeos de Isaac e Rebeca, antepassados de dois povos, Edom (que significa "vermelho", como Esaú, que é ruivo e come ervilhas vermelhas) e Israel, nome que Jacó receberá mais tarde. Paralelamente, a tribo de Isaac começa a ocupar um lugar muito (demasiado?) importante na Terra Prometida. Isaac refaz o itinerário de seu pai, Abraão. Cada poço é um reencontro simbólico e uma recordação da promessa de Deus. A trágica história tem o seu ponto de partida em uma farsa, na cena da benção usurpada, em que a pele de um cabrito toma o lugar do cabelo de Esaú. Descoberta a falcatrua, Jacó é obrigado a fugir ao ódio de seu irmão.

CAP. 11
O combate de Jacó

"Uma aventura estranha e misteriosa de ponta a ponta... Filósofos e poetas, rabinos e contadores de histórias, todos tentam solucionar o mistério do que aconteceu naquela noite" (Elie Wiesel, *Celebração profética: retratos, lendas*). Tudo começa com o sonho que Jacó tem com uma estranha escada, provavelmente inspirada nas grandes escadarias dos zigurates mesopotâmicos, que simulavam uma subida para o céu. A pedra que ele deposita como lembrança de seu sonho é, segundo o Talmude, a primeira pedra da primeira morada construída na terra. Depois, em sua fuga, procurando escapar à vingança do irmão, Jacó se vê obrigado a atravessar uma torrente. Na literatura antiga e popular, a passagem ou travessia de um curso d'água é sempre um momento de iniciação. Como provação, Jacó enfrenta durante toda a noite um desconhecido (um anjo, talvez o próprio Deus?). Dessa luta ele sai com uma bênção e muda de nome: Jacó se torna Israel, que quer dizer "que Deus se mostre forte" ou "ele foi forte contra Deus". Israel será o nome do reino até a morte de Salomão. Para o Midrash, Jacó, fraco e medroso, torna-se, assim, portador de uma enorme bênção e de uma visão extraordinária. O relato do combate se resume a oito versículos enigmáticos. Jacó é medroso ou corajoso? Combate com o desconhecido ou contra ele? E quem foi realmente o vencedor? "Feliz luta, essa em que Deus foi derrotado pelo homem", respondeu Vitor Hugo. Para Rachi, no século XI, o mais importante é o medo de Jacó. Ele tenta apaziguar o irmão com presentes, mas tem de enfrentar o seu próprio medo, revelado pelo anjo. Como se o confronto entre os dois irmãos, que não ocorrerá, devesse se realizar em sonho. O *Midrash Rabba* destaca que Jacó e seu adversário "mergulharam um no outro" como alguém mergulha no sono. O filósofo judeu Maimônides afirmou que o combate de Jacó pode ter feito parte de seus sonhos. O desconhecido é designado inicialmente em hebraico como *ish*, um homem, mas, ao final do confronto, Jacó fala em um deus (*elohim*). Era necessário representar a luta, o enfrentamento, para possibilitar um tipo de reconhecimento e de libertação. Elie Wiesel vê aí o anjo da guarda de Jacó, que enfrenta "o eu que, dentro dele, hesitava em sua missão".

CAP. 12
José no Egito

Volta e meia, o tema do relato bíblico é o modo como alguns homens acusam mentirosamente outros homens, seus irmãos, de algum mal, e convertem isso em motivo para detestá-los, persegui-los e mesmo matá-los. É o caso da história de José e seus irmãos, que fecha o Livro do Gênesis. Mas ela, por outro lado, é diferente dos outros relatos dos patriarcas. Deus interfere muito pouco. José vive um destino romanesco: vendido pelos próprios irmãos como escravo; feito prisioneiro no Egito; e, ao final, elevado ao patamar de vice-rei do grande império politeísta e idólatra. Jacó teve doze filhos. José, o preferido do pai, provoca ciúmes entre os irmãos, que zombam dele, chamando-o de "o sonhador". Seu talento como intérprete de sonhos, sinal de sua força, precipita a sua queda, antes de salvá-lo. O conflito entre José e seus irmãos, comandados por Judá, está na origem das duas dinastias reais do povo hebreu, o reino de Israel e o reino de Judá. Para o Talmude, essa tensão expressa muito mais do que uma simples disputa familiar. Ela ilustra o confronto entre dois caminhos distintos do ser judeu. O de José é caracterizado pelo compartilhamento com o mundo exterior. Para o Talmude, José é *Yossef ha-tsadik*, José o Justo. Com sua túnica manchada de sangue, vendido e jogado dentro de uma cisterna, ele se tornará, para os Pais da Igreja, uma figura que prenunciaria a Paixão do Cristo. Esse romance inverossímil em torno da assimilação de um homem da Judeia exilado em terra estrangeira, um escravo que vira rei, foi provavelmente desenvolvido pela diáspora judaica helenizada no Egito, em oposição à criação do Templo de Jerusalém. José não tem nenhuma intenção de retornar à Terra Prometida. Adota um nome egípcio, casa-se com uma egípcia (filha de um importante sacerdote), trabalha para o Faraó, cobra impostos. O Egito, que abriga um dos povos mais judeofóbicos da Antiguidade, é neste relato uma terra de acolhimento e prosperidade, antes de se tornar, no Êxodo, a terrível "casa da escravidão". Para o Midrash, José ocupa um lugar único na história universal: conhece setenta línguas e vive literalmente imerso entre outros povos (*nivla bein ha-umot*: "engolido entre os povos").

CAP. 13
José e seus irmãos

Esta história é um testemunho do muito que a Bíblia deve ao Egito. Nela vemos mesmo, ao final, o grande patriarca Jacó/Israel instalando-se no Egito com toda a sua família! José adquire um lugar simbólico surpreendente, como "alimentador" dos povos. Para Rachi, ele se tornou o duplo do faraó. Alguns rabinos afirmam que José devia estar com uma máscara, como uma divindade egípcia, para que seus irmãos não o reconhecessem. O texto insiste na comparação com o sofrimento do velho Jacó, que ficara em Canaã, faminto e privado da companhia dos filhos. O desfecho virá do próprio José e de sua capacidade de perdoar. "Acaso estou no lugar de Deus? O mal que tínheis intenção de fazer-me, o desígnio de Deus o mudou em bem, a fim de cumprir o que se realiza hoje: salvar a vida a um povo numeroso" (Gênesis 50, 19-20). Em seu *Dicionário Filosófico*, no verbete sobre "José", Voltaire apresenta-o como "modelo [...], um dos mais preciosos monumentos da Antiguidade"; a história de José, "que perdoa", seria mais "comovente" que a de Ulisses, "que se vinga". Entre 1926 e 1943, Thomas Mann fará de José e seus irmãos o tema de uma trilogia romanesca extraordinária. Para o romancista alemão, um povo que poderia ter se formado a partir de um fratricídio se constrói, ao contrário, graças ao perdão fraterno. O Egito salvo por José é o símbolo de uma humanidade cosmopolita. Thomas Mann desdobra em seu romance o humanismo bíblico de uma sociedade construída em oposição às fundações de caráter criminoso. "A vida sem espírito leva à desumanidade", escreve ele. Ao longo dos anos, o estudo da psicanálise, das religiões e da exegese bíblica levou esse autor reacionário e apolítico a abandonar as teorias raciais e certo antissemitismo do início da vida, conduzindo-o ao exílio e depois ao engajamento em defesa da democracia social de Franklin D. Roosevelt. Em pleno período nazista, Thomas Mann defendia a ideia de que o judaísmo e a civilização judaica, baseados no livro, constituíam uma das fontes do pensamento racional e ético da civilização europeia e uma das fontes do humanismo para toda a civilização internacional.

CAP. 14
Moisés

A geração de José já se foi. A situação se inverteu violentamente. Egito e Israel deixam de estar próximos. Os egípcios têm medo de Israel, que prospera em suas terras. No Gênesis, a promessa era a vida, e agora, de repente, o faraó quer proibir a vida. A história de Moisés ilustra tragicamente esse paradoxo. Filho das duas culturas (seu nome é de origem egípcia), recém-nascido hebreu condenado à morte pelo Egito, ele deverá sua vida a uma princesa egípcia, mas terá de lutar até a morte contra o Egito para libertar seu povo da escravidão. O relato de seu nascimento lembra o modelo da lenda do rei Sargão, ao lhe atribuir uma estatura tão prestigiosa quanto a do soberano unificador da Mesopotâmia. É a Moisés, obrigado a fugir para o deserto e às montanhas depois de matar um soldado egípcio, que Deus revela seu nome, em um arbusto em chamas. Os Pais da Igreja dirão que Deus se manifesta com aquilo que há de mais hostil e pobre no deserto, retomando, assim, os comentários do Midrash: "Por que Deus escolheu falar a Moisés a partir de um arbusto? Para que se saiba que nenhum lugar do mundo está isento da presença divina, nem mesmo um arbusto". O arbusto simboliza a miséria de Israel no Egito, e Deus escolhe se revelar por meio dessa miséria e dessa humildade: "Da mesma maneira que a sarça é o mais inferior dos arbustos, os filhos de Israel eram vilipendiados e humilhados no Egito; é por isso que Deus os salvou". Deus interpreta o seu nome em uma fórmula célebre: *ehyeh asher ehyeh* (literalmente, "Eu sou: eu serei", ou "Eu sou quem eu sou"). YHWH é o Existente ou o Ente por definição.

CAP. 15
A libertação do povo

O Êxodo tal como relatado na Bíblia não deixou rastros em documentos egípcios, mas o nome de Israel pode ser lido em uma lápide do sucessor de Ramsés II, Merneftá, por volta de 1220 a.C. "Esta história é tão maravilhosa, que o mundo inteiro a conhece", declarava Orígenes, já no século III. A imagem da escravidão e dos trabalhos forçados no Egito tocou a fantasia de vários povos oprimidos. Essa grande narrativa épica de libertação estabelece as bases da história de Israel—mas ela é, antes de mais nada, um grande relato sombrio e apavorante em que Deus, para libertar seu povo, se engaja em uma terrível escalada mortal. O fim do episódio é bastante significativo: já em terra seca e livres, os hebreus contemplam os cadáveres dos egípcios na margem do rio. Essa imagem traumatizante se fixará fortemente, a tal ponto que, no Livro de Isaías, Deus faz o povo se lembrar: "Por teu resgate dei o Egito" (Isaías 43,3). A descrição dos trabalhos forçados, com feitores hebreus que fazem os outros trabalharem, que vigiam e punem os seus próprios irmãos, adquire uma ressonância dolorosa quando se pensa nos campos de concentração do século XX. Os escravos chegam a reprovar Moisés por ter atiçado o ódio do faraó, a tal ponto que este os julga fedorentos: "Você fez o nosso odor cheirar mal". O cheiro da liberdade é algo execrável para o tirano, explicará Orígenes em seu comentário sobre o Êxodo. Deus castiga o Egito com as nove primeiras pragas, mais precisamente golpes (negá em hebraico, que vem do verbo nagá: bater, atingir). Algumas dessas pragas constituem uma alusão humilhante à própria força do Egito: a divindade do Nilo transformada em rio de sangue, as rãs devastadoras que fazem uma referência à deusa Heket. O décimo golpe atinge todos os primogênitos, para que Israel possa finalmente fugir. É a noite da Páscoa. A palavra hebraica significa "passagem", "salto". Em sua passagem, a morte evita as casas dos hebreus. Uma noite memorável de morte e libertação. É o Zakhor hebraico, o "lembre-se" que estabelece os fundamentos do judaísmo. Lembrar-se do que Deus teve de fazer para salvar Israel. Vale dizer: o impensável, o inimaginável.

CAP. 16
Os dez mandamentos

Eis o grande teste da liberdade sob o fogo do desejo. Uma longa marcha pelo deserto até a montanha onde Deus se torna visível para Moisés e lhe entrega as tábuas da Lei. Durante todo esse tempo, a liberdade amedronta e gera impaciência. O povo reclama, quer beber e comer. Como forma de resposta a esse anseio exacerbado, recebe um estranho pão caído do céu, tão enigmático que é chamado de "O que é isso?" (man hu, em hebraico, donde a palavra "maná"). No entanto, Deus considera que esse povo amedrontado e recalcitrante é um tesouro, com uma palavra hebraica (segulá) que significa ao mesmo tempo "preciosidade", "joia", "patrimônio". Há na Torá duas versões dos dez mandamentos, uma no Livro do Êxodo, outra no Deuteronômio. Sete dos dez se formulam pela negativa. Obtida a liberdade, o povo recebe, assim, aquilo que deve fundamentar a sua responsabilidade, seja perante Deus, seja perante os outros. O povo constrói sua identidade sobre valores humanos fundamentais, sem aguardar uma realização material e política, bem antes do estabelecimento do reino e da conquista da terra. "Nesse aspecto, a Bíblia se mostra extraordinariamente moderna", afirma o exegeta Jean-Louis Ska.

CAP. 17

O bezerro de ouro

O culto ao bezerro ou ao touro era uma prática muito difundida no antigo Oriente, simbolizando a fertilidade e a fecundidade e fazendo parte de rituais orgíacos. É o caso da deusa Hator, no Egito, e do Minotauro, na Grécia. O povo, assim, prefere um ídolo de ouro, uma representação visível, à inquietante presença-ausência de Deus. Um anseio pelo imediato e pela aparência. Em contraste com isso, dá-se a entrega das tábuas sobre as quais Deus escreve os dez mandamentos, as dez palavras. De forma quase única na Antiguidade, a escrita é, aqui, a força e o ponto de contato com a divindade. A morte de Moisés acontece no limiar, pouco antes da chegada à Terra Prometida. Ele a avista de longe, mas não chegará a entrar nela. *Scripsit et abiit*, dirá Santo Agostinho em suas *Confissões* (XI 3, 5): "Moisés escreveu isso [a Torá, pois a Antiguidade o considera como seu autor], escreveu e se foi, partiu daqui". Só restam os vestígios escritos. A entrega da Lei é também a entrega da escrita como vestígio e como memória. Os textos da Bíblia e do Midrash tentam explicar qual erro Moisés poderia ter cometido para que não lhe tenha sido dada a chance de entrar na Terra Prometida. Atualmente se considera que, ao retornar de seu exílio na Babilônia, Israel precisou construir uma figura instituidora de leis fundamentais (um culto, um código legal e um pacto) e estabelecer princípios éticos para justificar sua existência paralela à monarquia, sem autonomia política.

CAP. 18

Jericó

Uma crueldade inaudita se produz à entrada na Terra Prometida. O extermínio dos povos autóctones é total. Josué, sucessor de Moisés, se transforma em um chefe militar impiedoso. Essas litanias macabras já levantavam questões graves entre os rabinos, que nunca aceitaram o mandamento do anátema, do extermínio, sem que se admitissem outras saídas para os povos de Canaã. Para o filósofo judeu Maimônides, convinha sempre propor às cidades a rendição, poupando, assim, os habitantes: "A Torá incita ao chamamento pela paz para todas as cidades, pois a busca pela paz é uma virtude em si mesma". O Talmude de Jerusalém registra, assim, que "Josué enviava o seguinte ultimato a todas as localidades que ele queria conquistar: aquele que quiser partir, parta; aquele que quiser fazer a paz, venha e faça...". Para os historiadores contemporâneos, essas narrativas dizem respeito mais às convenções literárias da epopeia e à propaganda nacionalista, sendo calcadas em modelos militares assírios e neobabilônicos. Era preciso sagrar YHWH como senhor da guerra diante da ameaça desses grandes impérios militares. Intenção confirmada por um primeiro registro escrito desses relatos, já perto do fim da monarquia da Judeia, no século VII antes da nossa era. E os importantes fatos ali relatados, como a queda das muralhas de Jericó, têm mais de narrativa fabulosa que de crônica historicamente verificada: a arqueologia moderna mostra que, na época em que é possível situar a conquista de Canaã (1400-1200 a.C.), não havia fortificações em Jericó. E provavelmente essa conquista não foi realizada à maneira de uma guerra-relâmpago. Não há nenhum traço arqueológico de uma invasão desse tipo. O relato guerreiro multiplica os sinais do fantasioso e do imaginário: o Jordão para de correr, um misterioso anjo guerreiro atua ao lado dos hebreus, Jericó cai ao som das trombetas sem que nenhum golpe tenha sido aplicado, Sol e Lua ficam suspensos durante os combates. Até mesmo a tomada de Jericó só se torna possível graças à ação de Raab, uma inimiga, uma estrangeira, que, além de mulher, é prostituta... Josué esposará Raab, cujo nome será reencontrado mais adiante na genealogia do Cristo que abre o Evangelho de Mateus!

CAP. 19
Rute

O Livro de Rute é um pequeno conto, um conto sobre "Rute, a ardilosa" (Paul Claudel). Mas esse fato não deve ofuscar a excepcional densidade dessa "pequena história", que se desenrola nos tempos dos primeiros senhores de Israel. Aqui, mais uma vez, uma estrangeira, uma inimiga moabita, é chamada a participar do destino de Israel. E o desfecho do enredo faz dela uma antepassada do rei Davi! O caso fica ainda mais estranho quando se considera que seus redatores não teriam como ignorar as leis que proibiam a conversão de moabitas: "O amonita e o moabita não poderão entrar na assembleia de YHWH; e mesmo seus descendentes também não poderão entrar na assembleia de YHWH até a décima geração, para sempre" (Deuteronômio 23, 4 e Neemias 13, 1). Rute, a estrangeira, se apega a Noemi. O verbo *davaq* — ligar-se, agarrar-se, resistir — aparece regularmente no texto para qualificar a atitude de Rute. Noemi é uma personagem emblemática. Expulsa com a família de Belém (a "cidade do pão", que é também a cidade do rei Davi) pela fome, ela se arruína, torna-se viúva; e não tem filhos. É nesse movimento de retorno a si mesma, no momento em que as provações por que passou já a deixaram cheia de amargura, que ela consegue se reconciliar com a vida graças à presença estrangeira de Rute. O Midrash afirma que Rute e Noemi ficaram tão próximas que acabou se tornando impossível distinguir uma da outra. Por intermédio do personagem Booz, este livro trata da generosidade e da abertura para o amor. "Sua meda não era avara" (Victor Hugo). O nome Booz reúne *oz*, que é força, potência, e *azah*, bondade.

CAP. 20
Sansão e Dalila

Esta é uma história famosa, proveniente de várias fontes mesopotâmicas e gregas, por meio da qual surge em Israel um herói digno das antigas epopeias. Seu nome provém de mitologias ligadas a divindades solares. Sansão domina o fogo (da guerra, da violência) e o olhar (da sedução). Sansão "protegia o povo de Israel como um escudo", diz o Midrash. A história ocorre em um tempo agitado, antes da instauração da realeza, caracterizado por vários momentos de fraqueza moral do povo e pelo surgimento de libertadores cujos destinos são, muitas vezes, trágicos. Quem foi Sansão realmente? O Talmude sugere que, como "combatente clandestino", ele foi condenado a esconder sua força, passando por um grande conquistador de mulheres. Elie Wiesel vai mais longe, dizendo que ele dava a crer que acabava com exércitos inteiros ou destruía as plantações dos filisteus unicamente "por razões pessoais, por causa de seus casos com as mulheres". Seu final trágico seria nos dias de hoje uma espécie de "atentado suicida". Ele se mata em Gaza gritando: "Que eu morra junto com os filisteus!". Há quem tenha dito que se tratava de uma "caricatura de herói". Sendo *nazir*, isto é, asceta dedicado a Deus, ele contudo corre atrás das mulheres. Sua força prodigiosa o leva à perdição, e acaba como um destruidor, mais que um salvador. "Destino de um herói que, em vez de triunfar diante do destino, fracassa em sua missão" (Elie Wiesel, *Celebração profética: retratos, lendas*). Ainda assim... salvemos o Sansão herói! Seu fracasso ilustra o fracasso daquele período, em que se vive à espera de um rei. Sua fraqueza é humana, demasiado humana. Ele deseja todas as mulheres, que, com seu charme, acabam por levá-lo a revelar o segredo de sua força. Acaba cego, os olhos furados, símbolo cruel de seu desejo de ver. Quando conhece Dalila, o texto detalha: "Ele a viu e gostou dela". Para o Midrash, Dalila viria de *dalal*, que significa "empobrecer", "fragilizar". A seu respeito, Paul Claudel lembra as palavras da mulher apaixonada do *Cântico dos Cânticos*: "Sou negra e bela".

CAP. 21

Samuel e Saul

Como alguém se torna rei? O povo hebreu quer ser igual aos outros povos, invejando neles esse símbolo de força que é a instituição da realeza. O Midrash lembra as três obrigações do povo na Terra Prometida da seguinte forma: nomear um rei, eliminar a descendência inimiga de Amalec e construir o Templo. O personagem de Samuel, "fundador da realeza", como se lê na Bíblia (Eclesiástico 46, 13-20), é considerado no Talmude como "um dos príncipes da humanidade", comparável a Moisés. Samuel tentou, porém, dissuadir o povo de reivindicar um rei, mas foi obrigado a reconhecer Saul, o jovem desconhecido que Deus lhe enviou para ser consagrado. Sua relação ilustra a grande ambivalência desse desejo de realeza. Desde o começo, Saul hesita, escondendo-se quando vão buscá-lo para ser entronizado. Rei a contragosto, chefe militar temível, ele no entanto prefere poupar o rei dos amalequitas—inimigo hereditário de Israel desde o Êxodo—, contrariamente ao oráculo de Samuel, que exige a exterminação total do inimigo. É o *reshit goyim*, o primeiro povo! Amalec teria dizimado os hebreus mais fracos, que tinham ficado para trás após a travessia do mar Vermelho. Na literatura rabínica contemporânea, Amalec é associado à lembrança do Holocausto, ao desejo de exterminação que persegue os judeus. Mas, como diz o filósofo David Banon, "Amalec é também uma dimensão interior do judaísmo, quando se faz ouvir a dúvida sobre si mesmo". O destino trágico de Saul encontra-se com o ódio fratricida das origens, com o desejo de exterminação — tanto o próprio como o alheio. Deus lhe envia um "espírito mau". A história de sua queda é um episódio central da invenção do espaço político em Israel. Segundo afirma o Midrash, Saul optou por escutar o seu coração — ele teria até mesmo se recusado a matar civis e animais... Seu erro? Querer ser mais justo do que se deve ou do que se pode ser. Daí seu grande sofrimento, sua insensatez. A loucura do rei Saul foi o preço a pagar por essas transformações. Um autêntico drama teatral: de forma shakespeariana, aqui se encontram e se opõem o rei e o louco, o músico e o gigante (Golias).

CAP. 22

Davi e Golias

À relação ambivalente entre o profeta Samuel e Saul segue-se a não menos ambígua e trágica relação entre Saul e Davi. Primeiro tempo: Saul nota um jovem pastor músico, que consegue apaziguar a melancolia do rei por meio da música e do canto. Segundo tempo: o jovem pastor se torna um herói nacional ao enfrentar o gigante Golias. Terceiro tempo: Davi é sagrado rei. A tragédia então se forma: ciúme e perversidade mortal da parte de Saul. A realeza, em Israel, nasce em sangue, conflito familiar e melancolia. Mas a figura de Davi se baseia no célebre mito bíblico que concede a vitória ao fraco contra o forte, ao jovem contra o monstro, ao pastor armado com uma funda contra o soldado fortemente armado. É preciso criar a lenda do rei Davi! Em outro texto bíblico (Segundo Livro de Samuel 21, 19), a vitória contra Golias é, aliás, atribuída a um outro herói: Elcanã, de Belém. Vários comentários do Midrash tratam Davi e Golias como primos inimigos: Davi seria descendente de Rute a moabita, e Golias, de sua irmã Orfa.

CAP. 23
Davi e Betsabeia

Rei em franca decadência, Saul cede o lugar para Davi. Ele será o grande rei de Israel, sua lenda adquirirá uma importância considerável na história do judaísmo e da teologia política da cristandade medieval. Sua trajetória, porém, não é das mais lineares: crimes, mentiras, manipulações, traições... Esse episódio mostra que Davi vive no centro de uma autêntica sociedade de corte, com seus espiões e suas intrigas. O episódio mostra ainda como a instauração de uma dinastia monárquica é eclipsada por um erro e um crime cometidos com aquela que se tornará a mãe dinástica do grande rei Salomão: Betsabeia. O relato do adultério entre Davi e Betsabeia, esposa de Urias, o fiel soldado hitita que Davi envia para a morte, suscitou sérios problemas de interpretação. A tradição rabínica procura incansavelmente justificar, quando não desculpar e absolver Davi de qualquer acusação de crime! Chega-se mesmo a afirmar que Betsabeia estava predestinada a Davi desde a Criação do mundo...

CAP. 24
Elias no monte Horeb

A aparição desse profeta menor, imprevisível e perseguido é um acontecimento na grande história bíblica da salvação e da promessa. Ele surge do nada. Ninguém o esperava nem o anunciara. Um homem só, do começo ao fim. Elias se opõe ao rei Acab e à rainha Jezabel (século IX a.C.), descritos, com exagero tipicamente bíblico, como soberanos ímpios e idólatras, que cultuavam Baal, uma divindade dos cananeus. Para os escribas de Israel, que retornavam do exílio, era uma heresia e uma abominação que precisavam ser abandonadas. Elias é obstinado, insuportável. Escapando à ira de Jezabel, ele faz ouvir a acusação: "Eles abandonaram a aliança". E os comentadores rabínicos fizeram Deus lhe responder da seguinte forma: "Você está certo em lembrar que se trata da minha aliança, e não da sua! Portanto, o que é que você tem a ver com isso?". Elias é também testemunha de uma grande mudança profética. Deus intervinha com estardalhaço, como o faz aqui pela última vez em uma grande fogueira diante de Baal—mas para Elias ele se manifesta por meio da suavidade do silêncio. Deus conta com seu povo para além das demonstrações de força. Elias refaz no deserto o caminho da libertação feito por Moisés, um caminho de solidão, até que Deus se revele a ele silenciosamente. "Se você quer realmente se entregar a alguém, faça-o em silêncio" (Maurice Maeterlinck, *O tesouro dos humildes*). Em hebraico: *kol demanah dakak*, uma voz, um ruído, um apelo (*kol*) de suave murmúrio, agonizante, silencioso (*demanah*), como o pó, a poeira, tênue, macerado (*dakak*). Uma voz de silêncio tênue. O ruído agonizante, extinguindo-se, um silêncio comparável ao da poeira. Martin Buber traduziu assim: "Uma voz de silêncio que vai se adelgaçando". O silêncio já não é sinal da ira divina ou de uma recusa. "Em sua solidão, o profeta Elias aprende que o deus vivo é o deus do silêncio e do recolhimento" (André Neher). É nesse mesmo sentido que o teólogo protestante Dietrich Bonhoeffer dirá que fazer silêncio é pregar a presença de Deus (*Curso de Cristologia*, 1933). Para o Talmude, Elias anuncia a vinda do Messias. Os evangelhos fazem referência a isso várias vezes. E, de acordo com uma tradição do Midrash, Deus anuncia a Elias que nenhuma circuncisão poderá ser realizada dentro do povo de Israel sem que Ele esteja presente. Por isso, na Páscoa e na cerimônia da circuncisão, os judeus deixam uma cadeira vazia e uma porta entreaberta, a fim de expressar a espera pelo seu retorno.

CAP. 25
Salomão e a rainha de Sabá

Salomão (cerca de 970-933 a.C.) sucede a Davi. É o modelo ideal de rei, do sucesso material e político da realeza; e é, sobretudo, o construtor do Templo. Mas esse monarca repleto de sabedoria também se volta para a idolatria, o que terá como consequência a divisão do reino e sua destruição. O Templo, construído por Salomão, é destruído por Nabucodonosor em 586 a.C., e parte da elite de Judá é levada para o exílio na Babilônia. Qual a razão desse desmoronamento? Acontece que a promessa divina vai muito além do mero sucesso material e político, e esse rei modelar se vê obrigado a prestar contas àquela que estava no começo de tudo: a sabedoria. Ela acompanha Deus na Criação do mundo. "Antes de todas essas coisas foi criada a sabedoria", lembra o Eclesiástico (I, 4). Com o rei Salomão, a sabedoria se vincula à realeza. Mas será possível possuir a sabedoria como se possuem a glória e os bens materiais? E como ansiar por sabedoria? O que poderia ser mais sedutor que a sabedoria? Primeira experiência: o Templo. A Casa de Deus e de sua sabedoria. "O Templo é o embelezamento do mundo no sentido em que ele representa a própria essência do belo na terra. Ele torna possível, assim, a relação espiritual entre Deus e o homem", escreve o filósofo Henry Corbin. Mas a presença de Deus em sua casa entre os homens depende estreitamente do coração dos homens! Salomão seduz, nos confins do mundo, a bela rainha estrangeira de Sabá. Sedutor e idólatra, seduz também as mulheres estrangeiras para que integrem seu harém, em Jerusalém. O encontro com a rainha de Sabá é fonte de uma volumosa literatura popular. Relatos apócrifos dão conta de que a rainha teria chegado com animais estranhos, que ninguém ali conhecia—e diante dos quais o próprio Salomão se curva, apesar de sua grande sabedoria. Há uma vertente tradicional para a qual os "animais" que Salomão saúda representam os pagãos estrangeiros e "estranhos". A lenda chama nossa atenção para o fato de que esses estranhos e estrangeiros compareçem ali para reconhecer a grande sabedoria de Israel, em uma demonstração da preeminência dessa sabedoria sobre toda a criação conhecida ou desconhecida, real ou imaginária. Ainda de acordo com textos apócrifos, a própria rainha de Sabá se sente mais do que simplesmente maravilhada—o que explicaria, na sequência do episódio, a confissão, por parte de Salomão, de sua imensa queda pelas belas estrangeiras com que povoa o seu harém. Ele é confrontado com o enigma de seu próprio desejo. Sábio e louco ao mesmo tempo.

CAP. 26
Cenas de amor

Para os fariseus do século I, no tempo de Jesus, o rolo do *Cântico dos Cânticos* não integrava a liturgia nas sinagogas. Foi o Rabi Akiva que, mais tarde, chamou esse enigmático poema de "santo dos santos" da Escritura. E escreveu: "O mundo não tinha valor nem sentido antes de o poema dos poemas ter sido dado a Israel". Para os cristãos, foi preciso esperar pelas leituras alegóricas dos Pais da Igreja para que se pudesse admitir a inclusão do texto nas orações da comunidade. Em hebraico, o poema é o *shir ha shirim*, literalmente "o canto dos cantos" ou "o melhor dos cantos"—*shir* é um poema, um canto de alegria e amor. Há quem acredite que tenha sido composto por mulheres. A tradição judaica o via como um texto cuja chave fora perdida. Destaca-se nele a ausência de qualquer referência teológica explícita. Trata-se, antes de mais nada, de um canto de amor típico da poesia erótica do Oriente Próximo, ao mesmo tempo sumeriana e egípcia. A atribuição de sua autoria a Salomão é evidentemente imaginária, mas constitui em si, também, um elemento do próprio poema. Um rei que soube aliar a sabedoria, o espírito e os prazeres, o gozo. Construtor do Templo e personagem central do canto, ele quer entender o mistério que é amar. O poema é provavelmente uma compilação de diferentes cantos de amor da época, de diversos refrãos e motivos amorosos (num processo de escrita muito frequente na literatura antiga e medieval). Mas é também uma composição dramática e teatral (de Ernest Renan a Paul Beauchamp, passando por Paul Claudel, todos destacam esse aspecto), com personagens não identificados que falam na primeira pessoa: a Amante ou a Sulamita (o *Midrash Rabba* traz quatro explicações para o seu nome, todas relacionadas à palavra *shalom*, paz), o rei Salomão, o Amante pastor, as filhas de Jerusalém, os soldados. Nessa narrativa fragmentada, relato de sonho com direito a uma perseguição noturna pela cidade, uma mulher trancada no harém escapa e sai em busca de seu amante. Nesse magnífico poema, o amor tem um encontro com a sabedoria, significando esta última o amor ao amor, tema que encontramos em toda a grande literatura mística, como no caso de San Juan de la Cruz e seu *Noite escura*. É preciso preservar o mistério, o *eros* desse texto. Especialmente no verso célebre: "O amor é forte como a morte", *ki'aza khamavet ahava*, literalmente "o amor é inexorável como a morte". "Esta morte, ou seja, o amor", acrescentará Mestre Eckhart.

CAP. 27
Visões de Isaías

O que é um *navi*, um profeta (na tradução grega)? Aquele que vê (como querem as palavras iniciais do livro, "visões [*hazzon*] vistas por Isaías") não propriamente o futuro, mas a palavra na história e nos corpos. Ele vê aquilo que ninguém quer ver, mas que está diante dos olhos. Um profeta bem diferente daqueles tradicionais do antigo Oriente, que não pratica a adivinhação, a magia, mas descreve o presente trágico do povo na palavra de Deus. A profecia bíblica, dizia Paul Beauchamp, preserva a relação entre a palavra recebida e o ato, entre palavra e história. É o tema central do Livro de Isaías: o povo perdeu a voz de Deus, perdeu o contato com o relato fundador e, sobretudo, com os valores de justiça associados à libertação do povo e à instituição da realeza. O Livro de Isaías é uma coletânea de profecias e prédicas feitas ao longo de mais de cinquenta anos, reunidas ao retorno do exílio sob a forma de um grande livro. Isaías exerceu sua atividade em Jerusalém entre 740 e 701 a.C. Figura influente, que conhece bem a política real, pregador e conselheiro, impune apesar das palavras muito violentas que pronunciou em relação à política do rei Ezequias (que consistia em lançar o Egito contra Assur, para depois se submeter a Assur). O Talmude pretende que Ezequias poderia ter sido o rei escolhido por Deus como messias e que a guerra movida pelos reis assírios poderia ter sido a última guerra. Mas Isaías desloca a ênfase de sua pregação para a situação social, a justiça e o direito. Ele formula uma crítica virulenta aos poderosos e às práticas hipócritas de culto. Esse livro disparatado percorre as mais violentas provações: divisão do reino de Davi, crise da realeza, guerras (com a Assíria e o Egito), deportação de populações do Norte (722 a.C., seguida pela anexação ao império assírio) e depois do Sul (tentativa de tomada de Jerusalém por Senaquerib, em 701). Podemos distinguir, assim, várias figuras em Isaías. Um Isaías revoltando-se contra Judá e Jerusalém após a derrota do reino do Norte, em um contexto de guerra com a Assíria. Outro Isaías, portador de esperança quando tudo é sombrio, lembrando a promessa de YHWH de um povo reunificado e um reino de paz universal. Outro ainda, que procura convencer os deportados da iminência da salvação e que propõe a figura enigmática de um messias correndo por fora da realeza tradicional, figura desprezível e desprezada cuja marca misteriosa é ser anônimo e não reconhecido: *eved*, servidor, escravo, palavra que designa então o messias, o rei esperado! A palavra do profeta se dirige não mais aos poderosos, mas aos *anavim*, literalmente os humilhados, os curvados, os esmagados. Às vítimas e aos esquecidos da história passada e futura.

CAP. 28
Visões de Ezequiel

Um homem pequeno, com uma mala na mão, encarna a silhueta universal do exilado, do deportado. Ele parte sob os olhares dos outros, que permanecem em Jerusalém. Visto como o último profeta, ele marca a ruptura com o mundo antigo. Profetiza um Deus universal, cuja palavra produz efeito em toda a história humana, em detrimento do próprio profeta, que permanece calado. Profeta da imaginação e da resiliência, Ezequiel é um sacerdote (ou um filho de um sacerdote de Jerusalém) que oficia na Babilônia durante o exílio — segundo o prefácio do próprio livro, no quinto ano de exílio (ou seja, em 593 a.C.). Esse livro narra uma trajetória simbólica no tempo e no espaço, na história e no imaginário, um pouco à maneira da *Divina comédia* de Dante. Ezequiel é uma espécie de xamã que multiplica as experiências típicas do xamanismo. Ele enuncia vários oráculos divinos sob a forma de visões grandiosas, com transes e deslocamentos físicos e geográficos. A grande imagem central do seu livro (capítulo 37), o dos ossos secos e seu retorno à vida, simboliza o anúncio da volta do exílio, a restauração da nação de Davi e a reconstrução do Templo, ao mesmo tempo que também anuncia uma visão universal escatológica. Ezequiel insiste no corte existente entre a pequena comunidade deportada (sacerdotes, elite administrativa) e a maioria da população de Judá, que permanecera no país. A personagem de Ezequiel é enigmática: terá sido ele afinal um sacerdote ou um usurpador? Ele afirma sempre ter sido chamado a profetizar, mas o faz de modo excessivo, carismático, com trejeitos estranhos. As visões de Ezequiel estarão no centro das grandes tradições esotéricas e, como tais, serão muitas vezes consideradas como perigosas para a interpretação talmúdica. Diz-se que a visão da carruagem celeste, em especial, logo no começo do livro, constitui um dos segredos mais difíceis da Bíblia. E o Talmude questiona a veracidade da visão dos ossos secos, sublinhando a ambiguidade do oráculo, vendo nele apenas uma simples parábola ou uma forma de sarcasmo: *mashal haya*.

CAP. 29
Jonas

Esta é a história de um profeta menor depressivo. A história de uma descida—*yarad*, em hebraico—, de uma sequência de quedas: na cidade de Jope, nos porões de um barco, no sono, no ventre de um peixe, nos abismos do desespero... Uma história provavelmente narrada nos tempos do exílio. Esse profeta tem apenas uma missão: ir falar com os não judeus em Nínive, capital da Assíria, inimiga de Israel. De que foge Jonas? Entre os judeus, sua história é contada ao final do dia do Kipur, quando o fiel reza para o Eterno a fim de ser perdoado. Que perdão é esse? O mesmo que Jonas não quer dar aos inimigos de seu povo ou o perdão ao próprio Jonas, que ele não quer receber? "Jonas é um profeta frustrado", segundo as palavras de Elie Wiesel. Se não obedece a Deus imediatamente, é porque teme o possível perdão que seria dado ao criminoso. A questão deste pequeno conto é o arrependimento, o virar-se pelo avesso (*teshuvá*). O destino do vilão não está, assim, definido. Uma tragédia para o homem justo! No Midrash, Jonas é descrito, aliás, como um verdadeiro justo, um dos raros a entrarem vivos no paraíso. Segundo uma antiga tradição judaica, Jonas teria decidido não ir a Nínive por amor a seu próprio povo: ele temia que a conversão dos ninivitas se tornasse motivo para a condenação de Israel. Ele é obrigado, então, a enfrentar a sua própria queixa, sua própria frustração. É engolido por um "peixe grande", dentro do qual se entrega à oração e a uma espécie de introspecção. O profeta atravessa uma crise de fé, o que é confirmado pelo salmo de súplica que ele pronuncia em pleno abismo. A questão não é compreender o que significa amar? O problema teológico de Jonas é o de sua "depressão". Jonas é incapaz de aceitar os efeitos do perdão; não consegue sair de dentro de si mesmo. A reação dos ninivitas e de seu rei é, aliás, sem precedentes em toda a Bíblia hebraica. E a de Jonas é tão surpreendente quanto. Nessa história comovente e estranha, manifesta-se a grandeza da compaixão: preocupar-se com a vida do outro, do culpado, daquele que não sabe "diferenciar a sua direita da sua esquerda".

CAP. 30
Um salmo

O que é um salmo? O canto de um sobrevivente. Um poema que nos leva a passar de um personagem menor, sozinho no escuro, em seu leito miserável, que descreve seus inimigos e clama por auxílio, a um homem liberto, de corpo rijo, confiante, que se diverte *com* e *no* coração da comunidade. Um salmo passa da súplica à louvação, mas jamais ouvimos nem vemos a resposta propriamente dita. O que levou o biblicista Paul Beauchamp a dizer que, em um salmo, a resposta silenciosa de Deus forma uma cicatriz—a do sofrimento curado. Ao final, a comunidade reconhece na louvação a própria salvação do salmista. É o que assinala a palavra "aleluia" (literalmente, "louvar Yah" – do tetragrama YHWH). O Livro dos Salmos é uma coletânea de diversos cantos de diferentes épocas e que acabou por formar um conjunto. Os mais tardios remetem explicitamente às condições históricas que se seguiram à destruição do Templo, em 586 a.C. Outros remontam provavelmente às primeiras gerações da dinastia de Davi (séculos X e IX antes da nossa era). Daí a tradição, tanto judaica como cristã, de atribuir o Livro dos Salmos à figura real de Davi, que cantava e tocava música para o rei Saul. Os cento e cinquenta salmos exibem gêneros diversos: súplica, louvação, sabedoria, messianismo etc. Mas é possível extrair de todos eles uma poesia comum: o salmista descreve sua situação de sofrimento ao mesmo tempo íntimo e histórico, por vezes de forma apavorante, às raias da morte. Ele se interroga sobre a Criação, seus enigmas, sua beleza, seu lado sombrio. Ele constata, tragicamente, a ausência de Deus, mas se recorda das maravilhas do passado, dos patriarcas e da Torá.

CAP. 31
Jó

Segundo o Midrash, Jó nunca existiu, não é mais que uma parábola. Toda vez que ocorre na história do mundo algum drama, uma crise, e que se questiona a responsabilidade dos homens perante o mal, o problema de Jó é reposto. "Nosso mundo se assemelha ao velho Jó arrasado e coberto de feridas sobre o seu montículo de esterco", interpreta George Bernanos em seu *Diário de um pároco de aldeia*. Um mundo assombrado pela insuportável questão da arbitrariedade do mal e de sua justificação. Os exilados na Babilônia recordaram essa história (um antigo conto oriental) para expressar a sua própria infelicidade. Ezequiel, profeta do exílio, já a conhecia e chega a mencionar Jó entre os justos. É a história apavorante de um árabe rico (um edomita, portanto oriundo de uma nação inimiga), modelo de sabedoria, que perde tudo por obra de uma aposta divina com Satã, o negador (de um verbo que significa "negar", "opor-se", "denunciar"). Em suas *Confissões*, Santo Agostinho formula aquele que talvez seja o verdadeiro tema presente em Jó: "De onde vem [o mal], então, se um Deus que é bom fez todas as coisas boas? De onde vem o mal?" (VII 5, 7). Mas, se é verdade que Jó perde tudo, Deus, porém, não lhe tomou tudo, observa genialmente Kierkegaard. Resta-lhe a palavra! Ou seja, a possibilidade de se queixar e, sobretudo, de contestar. Jó se torna testemunha de uma transformação na representação do Deus de Israel. O homem sofredor se confronta com Deus, a ponto de se levantar contra ele, segundo a expressão presente no texto bíblico (Jó 16, 21). Para o Midrash, Jó nos conduz a uma releitura pungente da Torá. O homem sofredor se opõe à Criação, que ele parece não reconhecer. Os dois monstros, Leviatã e Beemot, representam o "não humano" da Criação, em contradição com o ensinamento da Torá, segundo o qual o homem dominava toda as demais criaturas (Gênesis I). Como se essas representações inumanas extinguissem toda tentação de antropocentrismo! Para a antropóloga Mary Douglas, o Livro de Jó pretende libertar de seu sentimento de maldição aqueles que a sociedade rejeita de maneira injusta e brutal. "Aquele que não compreende a sua condenação e o seu sofrimento carrega todo o peso do mundo", dizia Simone Weil. Será essa a razão pela qual alguns historiadores chegaram até mesmo a imaginar que o autor desse livro poderia ter assistido a uma tragédia grega?

CAP. 32
Ester

Esta história se passa no século V a.C. em Susa, capital do império persa, então em seus momentos de esplendor. Uma pequena comunidade judaica vive ali escondida, no exílio. O Talmude formula uma pergunta: "De onde se tirou a ideia de que o Livro de Ester tem origem na Torá?". Ester é aquela que se esconde, e onde é possível esconder-se, senão na Torá? O próprio Deus se esconde. Trata-se do único livro da Bíblia hebraica em que não existe uma única menção a Deus. Ester vive com seu tio adotivo, Mardoqueu, e se torna uma rainha pagã—primeira marrana da história, como aqueles judeus da península ibérica no século XV, que, convertidos ao catolicismo, muitas vezes à força, continuavam a praticar o judaísmo às escondidas. No Talmude, o Rabbi Yehuda questiona: "Se o nome verdadeiro dela era Hadassa, por que esse nome de Ester? É porque ela havia escondido (*sater*) sua real situação. Ester não revelou a que povo ela pertencia". Donde a etimologia fantasiosa de Ester, retomada por Paul Claudel: "Aquela que se esconde". Seu nome evoca antes a deusa persa da noite e do amor, Astarte, ou Ishtar, a deusa da lua na Babilônia. Um targum (tradução comentada da Bíblia em aramaico) afirma que ela era tão bela quanto a "estrela da noite". É assim que Ester conquista o coração do rei pagão e se casa com ele. Um conto de fadas estranho, no qual uma judiazinha órfã no exílio se torna rainha pagã, escapando por pouco ao horror e ao extermínio. O embate entre o judeu Mardoqueu e o vizir Amã, descendente do rei amalequita Agag (poupado por Saul e executado por Samuel), atualiza o confronto eterno que opõe Israel e seu inimigo de sempre. Essa é a questão desse relato: a inversão do destino. Flerta-se com a catástrofe e se festeja a reviravolta inimaginável. Aquele que pregava um massacre acaba sendo, ele próprio, massacrado! O Livro de Ester está na origem de uma festa judaica carnavalesca, a festa de Purim. Se a Páscoa (Pessach) comemora a libertação do povo judeu obtida por meio de grandes e visíveis milagres, Purim celebra a redenção invisível, a ação oculta de Deus. Esse é o sentido da palavra assíria Purim, a festa do acaso, uma vez que a data do massacre almejado por Amã é definida por sorteio. O Talmude evoca os "jogos de Purim": saltos por cima da fogueira, procissões solenes ao longo das quais um boneco de Amã é enforcado ou queimado, proibição de beber água, fantasias...

CAP. 33
Tobit

Eis um pequeno livro escrito para fazer o bem. Mais uma história de exílio, que aborda a primeira diáspora (722 a.C., deportação de Judá na Assíria). Tobit, um judeu piedoso e fiel, é deportado para Nínive (capital da Assíria, localizada hoje em dia perto de Mossul, no Iraque). Em desespero, depois de ficar cego, ele envia seu filho para buscar dinheiro com um parente exilado em Ecbátana, entre os medas (atual Irã). O Livro de Tobias é um livro deuterocanônico, reconhecido pelas igrejas cristãs, mas que não integra o cânone hebraico. Escrito inicialmente em hebraico ou aramaico, o texto original se perdeu, mas uma cópia foi encontrada em 1947 em meio aos Manuscritos do Mar Morto. Este livro é um autêntico romance breve sobre a esperança. Por um lado, Tobit evoca Jó: fiel, piedoso, porém desesperado e implorando pela morte. É o seu jovem filho, Tobias, que fará uma viagem ao mesmo tempo de iniciação e de formação, e que retornará trazendo a esperança perdida de sua família. Tobit, o pai, faz pensar também em Antígona, obcecada pelo seu dever em relação aos mortos. Em terra de exílio, a lei proibia que se enterrassem judeus de acordo com os rituais tradicionais. A questão da dívida a ser saldada é simbólica. Tobias, o filho, é enviado para cobrar essa dívida, que não tem outro nome senão esperança. E, no meio do caminho, ele terá de escolher entre o amor e a morte. Uma história de cura e salvação, evocada pelo Midrash como uma espécie de hagadá (narrativa ritual) da sabedoria e da esperança. Esperança devolvida à jovem maldita (pelo demônio Asmodeu, divindade persa do sofrimento e da destruição), esperança e visão devolvidas ao pai e ao conjunto dos exilados. O próprio nome do anjo significa "curar" (*refa* em hebraico); ele é "a união entre um corpo e um anjo", a um só tempo homem, sob o nome de Azarias, e anjo, Rafael, de acordo com o comentário do filósofo e teólogo medieval franciscano Guilherme de Ockham. Esse pequeno livro, por fim, condensa a recordação ativa da Torá, ao lembrar as histórias de Adão e Eva e da Criação.

CAP. 34
Retorno do exílio

Eis dois grandes personagens bíblicos, duas vidas, e um único destino dedicado ao retorno a Jerusalém e à reconstrução. Os dois Livros de Esdras e Neemias falam da volta dos exilados e de sua reinstalação na Judeia, em Jerusalém. Os primeiros retornos datam de 538 a.C., quando o rei persa Ciro promulga um édito autorizando os deportados judeus a voltar para casa, com a missão de reconstruir o templo de Jerusalém destruído pelos babilônios de Nabucodonosor. Isaías chega a atribuir a Ciro o título de messias. Mas a realeza não é restaurada. Os repatriados terão de aprender a viver sob dominação política e cultural e a reconstruir uma comunidade. O que não ocorre sem dificuldades: combate aos casamentos mistos, tensões entre a diáspora e a Judeia, entre as populações autóctones e os repatriados. As populações autóctones querem se opor à reconstrução de um muro que implicaria a sua exclusão. Cabe a Neemias, que volta de Susa e que parte várias vezes em diferentes missões para Jerusalém, a tarefa de reconstruir a muralha e suas portas. A reconstrução do Templo levará vinte e três anos... Esdras o Escriba, especialista nas Escrituras de Moisés e que retorna da Babilônia, traz a Torá de volta a Israel, em um momento em que este a havia esquecido, segundo o Talmude. Por consagrar a Torá como livro, ele é descrito como um segundo Moisés. Seu papel consiste em lembrar aos repatriados a Lei de Moisés, recapitular as histórias que eles haviam recordado. O texto de Esdras estabelece um paralelo entre a Lei escrita e a muralha reerguida. A Lei e o Livro são também *gader*, muralha, muro, proteção (Esdras 9, 9). É Neemias que convoca Esdras para fazer uma leitura em voz alta do Livro (*sefer*) perante o povo em pé. A palavra *sefer* adquire aqui toda a sua importância ritual e espiritual: lê-se o Livro e transmite-se o seu sentido para que se compreenda aquilo que acaba de ser lido (Neemias 8, 8).

CAP. 35
Daniel

De retorno do exílio, é ainda preciso enfrentar mais uma vez a violência da história. O Livro de Daniel inaugura um novo gênero literário, inspirado nas visões proféticas antigas, que pretende propor outra compreensão dos tempos: o gênero apocalíptico (da palavra grega que significa "revelação", "descobrimento"). Essa literatura surge com a consciência do caráter dramático da história humana, sob os duros efeitos da helenização do mundo: crise das instituições (templo, realeza), aniquilação do profetismo, assimilação cultural e religiosa. O Livro de Daniel propõe uma nova leitura da história a fim de reviver de forma extraordinária os acontecimentos do passado ou da lenda, iluminando o caráter dramático do presente. Sob o reinado do rei Antíoco Epífanes (175-164 a.C.), os sofrimentos se acumulam: com a proibição do culto e dos sacrifícios no Templo. Essas decisões geram muitos problemas. Escrito na época helenística (333-63 a.C.), quando a Palestina se encontra submetida aos selêucidas, sucessores de Alexandre, o Livro de Daniel retoma, à luz desses acontecimentos, o tempo do exílio na figura lendária de um jovem herói hebreu, Daniel, que supostamente vivera na Babilônia do século VI e crescera na corte de Nabucodonosor, onde realizara grandes façanhas. Compreende-se a razão pela qual o Talmude faz de Daniel um herói da resistência à assimilação em terra estrangeira, pois na época da redação do livro a comunidade da Judeia está dividida em relação à questão da dominação helenística. A narrativa atravessa as diferentes épocas a fim de possibilitar a necessária compreensão da violência. Trata-se de uma forma de curar as feridas da história por meio da narrativa, de contar as dificuldades dos tempos atuais por meio da projeção de um passado traumático. Para o biblicista Paul Beauchamp, o tempo do fim não é, aqui, o tempo "final", mas um tempo que é concedido para a compreensão e a extinção do mal (*lekaper avon*: "cessar a transgressão", Daniel 9, 24). Daniel é menos um vidente do que um *maskil* ("inteligente", "instruído"). Os *maskilim* leem as Escrituras e as interpretam. Há neste livro duas figuras essenciais para essa nova compreensão dos tempos: a do "Filho de Homem" (Daniel 7) e o anúncio, pela primeira vez na Bíblia, de uma ressurreição dos mortos. Com esse "Filho de Homem", deixamos de lado a figura tradicional do salvador, rei, chefe ou profeta, e damos com uma expressão enigmática que, em hebraico ou em aramaico, significa simplesmente um homem, alguém. Quanto à primeira menção à ressurreição dos mortos, retirados ao pó (Daniel 12, 2), ela é apresentada, segundo o teólogo protestante Jürgen Moltmann, como "uma condição *sine qua non* para a aplicação universal da justiça" futura. Como um sinal de que se pode pôr fim ao mal e à violência. O Talmude pondera, contudo, que se ensinava que o homem não passa de pó e ao pó retornará. Mas o grande fariseu Gamaliel, no século I, teria respondido que Deus cumpre a vontade dos homens, que, com sua esperança, sua sede de justiça, não permanecem, assim, apenas como poeira.

SOBRE A COLEÇÃO

Fábula: do verbo latino *fari*, "falar", como a sugerir que a fabulação é extensão natural da fala e, assim, tão elementar e diversa e escapadiça quanto esta; donde também falatório, rumor, diz-que-diz, mas também enredo, trama completa do que se tem para contar (*acta est fabula*, diziam mais uma vez os latinos, para pôr fim a uma encenação teatral); "narração inventada e composta de sucessos que nem são verdadeiros, nem verossímeis, mas com curiosa novidade admiráveis", define o padre Bluteau em seu *Vocabulário português e latino*; história para a infância, fora da medida da verdade, mas também história de deuses, heróis, gigantes, grei desmedida por definição; história sobre animais, para boi dormir, mas mesmo então todo cuidado é pouco, pois há sempre um lobo escondido (*lupus in fabula*) e, na verdade, "é de ti que trata a fábula", como adverte Horácio; patranha, prodígio, patrimônio; conto de intenção moral, mentira deslavada ou quem sabe apenas "mentirada gentil do que me falta", suspira Mário de Andrade em "Louvação da tarde"; início, como quer Valéry ao dizer, em diapasão bíblico, que "no início era a fábula"; ou destino, como quer Cortázar ao insinuar, no *Jogo da amarelinha*, que "tudo é escritura, quer dizer, fábula"; fábula dos poetas, das crianças, dos antigos, mas também dos filósofos, como sabe o Descartes do *Discurso do método* ("uma fábula") ou o Descartes do retrato que lhe pinta J. B. Weenix em 1647, segurando um calhamaço onde se entrelê um espantoso *Mundus est fabula*; ficção, não-ficção e assim infinitamente; prosa, poesia, pensamento.

PROJETO EDITORIAL **Samuel Titan Jr.** | PROJETO GRÁFICO **Raúl Loureiro**

SOBRE OS AUTORES

Frédéric Boyer nasceu em Nice, em 1961. Depois de estudar na Escola Normal Superior de Fontenay-aux-Roses, ensinou literatura comparada em Lyon e Paris. Como diretor editorial das Éditions Bayard, coordenou uma célebre edição da Bíblia, publicada em 2001, em que cada livro era vertido por um especialista acadêmico e um escritor francês contemporâneo. A partir de 2018, assumiu a direção editorial da editora P. O. L., junto à qual já publicara traduções de obras como as *Confissões* (2008) de Santo Agostinho e o *Kamasutra* (2015), bem como mais de vinte obras de ficção, todas inéditas no Brasil.

Serge Bloch nasceu em Colmar, em 1956. Depois de estudar na Escola Superior de Artes Decorativas em Estrasburgo, começou a desenhar para diversas revistas infantis e a colaborar com a imprensa adulta (*New Yorker*, *Washington Post*, *Los Angeles Times*, *Télérama*, entre outros). Junto com Dominique de Saint-Mars, criou a série de livros infantis *Max et Lili*, com mais de 120 volumes publicados. Criou também a série *SamSam*, mais tarde transformada em desenho animado, e publicou, em parceria com Marie Desplechin, uma autobiografia, *Rue de l'Ours* (2018). Seu livro *Fico à espera* foi agraciado com o prêmio Baobab do Salão de Montreuil.

SOBRE O TRADUTOR

Bernardo Ajzenberg nasceu em São Paulo, em 1959. Em paralelo à carreira de jornalista em diversos jornais e revistas — em particular na *Folha de S. Paulo* —, traduziu mais de cinquenta obras do francês, inglês e espanhol. Em 2010, recebeu o prêmio Jabuti pela tradução de *Purgatório*, de Tomas Eloy Martinez. É também romancista, autor de *A gaiola de Faraday* (2002, prêmio ABL de Ficção), *Olhos secos* (2009, finalista do Prêmio Portugal Telecom), *Minha vida sem banho* (2104, prêmio Casa de las Américas) e *Gostar de ostras* (2017), entre outros. Foi diretor executivo da editora Cosac Naify, onde trabalhou de 2010 a 2014. Como livreiro, manteve o sebo Avalovara (2008-2011) e é proprietário do sebo Tucambira, ambos em São Paulo.

SOBRE ESTE LIVRO

Bíblia — As histórias fundadoras, São Paulo, Editora 34, 2022 TÍTULO ORIGINAL *Bible — Les récits fondateurs* ©Éditions Bayard, 2016 TRADUÇÃO Bernardo Ajzenberg, 2021 PREPARAÇÃO Andressa Veronesi REVISÃO Rafaela Biff Cera TRANSLITERAÇÃO DOS TERMOS HEBRAICOS Luis S. Krausz PROJETO GRÁFICO Dans les villes ADAPTAÇÃO Raul Loureiro COMPOSIÇÃO Victor Kenji Ortenblad e Catê Bloise ESTA EDIÇÃO Editora 34 Ltda., São Paulo; 1ª edição, 2022.

A reprodução de qualquer folha deste livro é ilegal e configura apropriação indevida dos direitos intelectuais e patrimoniais do autor. A grafia foi atualizada segundo o Acordo Ortográfico da Língua Portuguesa de 1990, que entrou em vigor no Brasil em 2009.

Cet ouvrage a bénéficié du soutien des Programmes d'aide à la publication de l'Institut français.
Esta obra contou com o auxílio dos Programas de Apoio à Publicação do Institut Français.

CIP — Brasil. Catalogação-na-Fonte
(Sindicato Nacional dos Editores de Livros, RJ, Brasil)

Boyer, Frédéric, 1961
Bíblia — As histórias fundadoras (do Gênesis ao Livro de Daniel) /
Frédéric Boyer; ilustrações de Serge Bloch;
tradução de Bernardo Ajzenberg — São Paulo: Editora 34,
2022 (1ª Edição).
504 p. (Coleção Fábula)

ISBN 978-65-5525-099-2

1. Histórias bíblicas — Antigo Testamento. 2. Literatura francesa.
I. Bloch, Serge. II. Ajzenberg, Bernardo. III. Título. IV. Série.

CDD – 220

EDITORA 34
Editora 34 Ltda. Rua Hungria, 592
Jardim Europa CEP 01455-000
São Paulo — SP Brasil
TEL/FAX (11) 3811-6777
www.editora34.com.br

tipologia_bill corporate
papel_chambril book 90 g/m²
impressão_edições loyola, em junho de 2022
tiragem_4000